GOBOOKS
& SITAK
GROUP©

GOBOOKS
& SITAK
GROUP©

三日月書版

三日月書版

三日月書版
BL069
請勿洞察
volume
three
[03]
Seek | No | Evil

SEEK NO EVIL

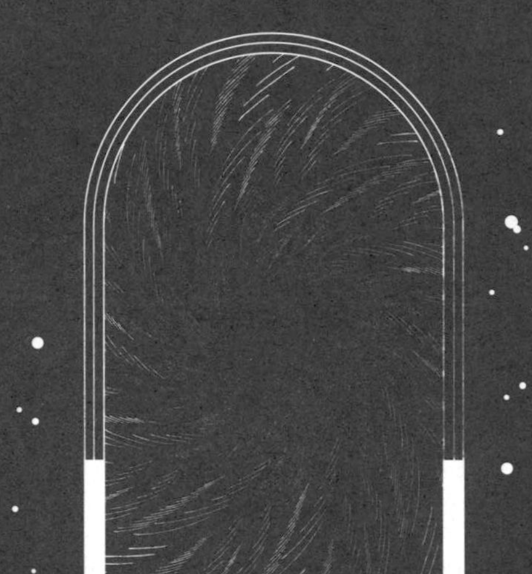

[洞 察 即 地 獄]

Levan × Laird

Presented by matthia

SEEK NO EVIL

【contents】

VOLUME THREE

Seek No Evil
CLASSIFIED
INVESTIGATOR
FILE. 1
調查員檔案
萊爾德・凱茨
NAME | Laird Kites
AGE | 25
RACE |
OCCUPATION |
靈媒大師

Seek No Evil
CLASSIFIED
INVESTIGATOR
FILE. 2
調查員檔案
列維・卡拉澤
NAME | Levan Kaladze
AGE | 30
RACE | 喬治亞裔 Georgian
OCCUPATION | 獵犬 Hound

SEEK NO EVIL

CHAPTER SEVENTEEN

【勿視自我】

在小說《火山冬季的幽靈》中有這麼一段情節。

災難發生後，城市裡徘徊著凶暴的變異人，正常的城市居民不得不集結互助，藏身在封閉的廢棄地鐵站裡，渡過了一段艱難但還算穩定的日子。但這樣的情況沒辦法維持太久，人們必須定期冒險回到地面上尋找物資。每次外出都還算有驚無險，而這一次不同，外出者遭到追蹤，地鐵站祕密基地被變異人攻破。

人們翻閱地下設施的平面圖集，發現附近還有一條隱祕的通道。無奈之下，大家走進那條通道，成功地甩掉了變異人。

他們本想繞個遠路，看能不能找到別的庇護點，誰知這份地圖不準確，他們被通道帶往了一片從未標示過的地下區域。這片區域並不安全，甚至更加凶險。這裡有一種未知的捕食者，沒人知道它們的真面目。

後來，經過一次次殘酷的遭遇，主角們終於發現了捕食者的真面目。它們竟然是另一批倖存者，而且已經變成了介於人類和變異人之間的東西，一種嶄新的物種。它們之所以會襲擊人類，是因為它們認為自己才是真正的「人類」，外來的這批人是「另一種變異者」……

「我們能不要聊這本書嗎？」瑟西拖著腳步慢慢走在後面，語氣有些煩躁。

傑瑞回過頭，「為什麼？妳寫得很有趣啊。」

瑟西嘆氣，「現在想起這本書的內容，我有點害怕。」

「不是吧！這是妳自己寫的欸！」傑瑞似乎正聊到興頭上，一點也不想放棄這個話題，「其實我們遇到的怪物比妳寫的那些噁心多了，妳寫的也還好嘛，不是很可怕，就和喪屍那種程度差不多……我沒有說妳寫得不好！絕對沒有！我很喜歡那本書，但因為文字畢竟不直觀……」

肖恩走在最前面，回頭面帶歉意地說：「別介意，傑瑞這個人就是這樣，精力很充沛、話很多，而且越緊張話就越多，恐懼也不能遏制他溝通的欲望。」

傑瑞不滿地抗議了幾句，並且順便坦白承認了自己就是很害怕。不只是他，肖恩和瑟西也非常緊張。

走進岩山的門之後，他們打算只往內走一小段，先看看情況。走了幾分鐘，不遠處出現一個轉角，於是他們又決定看看轉角後面是什麼。

拐過轉角，是一段開始下坡的路，洞頂高度不變，地面傾斜向下，視線平齊處被岩石擋住，斜坡最下方有個出口，隱約能看到一條垂直的橫路。人工開鑿的隧洞內一直有小燈照明，於是他們決定再往前走走，看能不能找到別的出口……就這樣，他們不知不覺已經深入了很多。

瑟西認為他們走得太遠了，應該回去一趟，說不定山體外面的怪物已經走了。

肖恩和傑瑞表示同意，於是，三人摸著牆壁開始返回。

深入的時候，他們一直摸著右側牆壁走，在轉身返回時，就要改為用左手摸著左側牆壁。瑟西說這樣能保證往返走的是同一條路。剛開始很順利。可是回到第一個轉角的地方時，三個人都嚇呆了。前面通往出口的路不見了。

隧道提前出現了盡頭。一堵黑色牆壁赫然出現在遠處，擋住了他們的去路。

往回走的時候，傑瑞曾經提過「萬一岩壁上的門不見了怎麼辦」，肖恩還說他覺得那扇門不一樣，它應該是真正的、被人建造出來的門……誰知他們根本沒機會回去驗證這一點。

黑色牆壁和隧道內石壁的顏色有很大的差別，與其說是牆，不如說更像是一片遮擋住視野的黑暗。站在遠處看不清它是實體還是虛影，只能看出它吞沒了前方的道路與光亮。

三個人和它保持著一定距離，呆呆地站了起碼有兩分鐘。瑟西扯掉一枚原本就搖搖欲墜的鈕釦，將它丟向黑色牆壁。鈕釦消失在黑色之中。

看到這一幕，傑瑞發出習慣性的驚叫，彷彿在為慘遭吞沒的鈕釦配音。

在他聲音未落時，鈕釦竟然又從黑暗中彈了出來。牆壁上發出一聲細小金屬與石頭撞擊的輕響，鈕釦落在了地上。

傑瑞的後半段驚叫硬是哽了回去，肖恩和瑟西也渾身發涼。釦子被「吞掉」的那瞬間並不正常，它並不是先穿過一層濃重的黑霧、撞到硬物再彈出來，它彈出來的軌跡很奇怪，更像是它本應被吞沒，然後有什麼東西覺得這樣不對，又排斥地把它丟了出來。

就像是……有什麼東西在「模仿」著一面牆該有的反應。

肖恩建議換個方向走，不要靠近這面牆。三個人慢慢退回轉角後面，離牆壁遠一些之後，再商量接下來該怎麼走。

瑟西本來並不建議深入隧道，她更希望能回到入口處，如果怪物不在了就趕快出去。他們不瞭解這片區域，一旦迷路可不是鬧著玩的。每年都有地下隧道探險愛好者迷失，有些人死在與外界一牆之隔的地方，卻仍不知道正確的出路在何方。

瑟西沒有把這個想法直白地說出來，不過從肖恩和傑瑞的神色來看，他們大概也有類似的感覺。

他們短暫地討論了一下，仍然決定向隧道內部走。這面牆有種極為不祥的氛圍和不協之門有些相似，甚至比它還令人不適。

肖恩小心地靠近轉角，想看看那面牆是否還在。他拐過去，閃出半邊身體，然後立刻踉蹌著連連後退，甚至還少見地罵了句髒話。看到肖恩的反應，傑瑞的寒毛都炸得要發起抖來了。他不敢拐出去親自看，只好結結巴巴地問肖恩怎麼了。

「那是什麼玩意……那不是牆，」肖恩一隻手抓在傑瑞的前臂上，兩個人幾乎是互相支撐著，「它動了，它就在轉角後面！」

傑瑞還沒反應過來是什麼意思，瑟西先走了過去。由於心裡緊張，她習慣性地把雙筒霰彈槍舉在胸前，剛拐過轉角，她的槍筒差點直接戳到牆壁上。

黑色的牆前進了一大段。原本它位於過轉角後五到六米的地方，而現在，牆面就堵在剛過轉角的位置，近得一轉過去就會撞上。

瑟西震驚地盯著這面牆，忽然覺得黑色之下有什麼動了動。她仔細觀察，又覺得剛才可能只是自己的錯覺。她想問肖恩和傑瑞是否也看到了。就在她稍稍回頭，視線微有偏轉時，她的餘光又一次捕捉到了黑色平面下的波動。

她迅速轉回去正視黑牆，它仍然一片平靜。

「你們看到了嗎……」她打量著黑牆的四角，「剛才我似乎覺得它……等等，這是怎麼回事！」

因為察覺到瑟西語氣的變化，肖恩又重新靠近過來。傑瑞抓著肖恩的衣服躲在他身後，縮著背，恨不得只從肖恩腋下的縫隙往前看。

瑟西本來想說牆裡有東西在動，話還沒說完，她忽然意識到這面牆又一次變化了。

這面牆不僅向前移動了，還比之前更加光滑了。

剛看到它的時候，它是一團純粹的黑色。就像那些陰沉天空下的烏鴉一樣，漆黑得吞沒了光線，在遠處看不清上面的任何細節。說它是牆，只是因為它擱住了去路，其實它上面既沒有磚塊縫隙也沒有石頭紋理。

所以瑟西才會朝它丟鈕釦，因為她不確定這是牆還是黑霧，或是一扇內部漆黑的門。但現在，它的質地發生了變化。借著隧道裡小掛燈的微光，三人都發現它的平面上隱約反射出了人影。當然，是他們的影子。

它還不夠光滑，所以上面只能投出人影，並不十分清晰。變化發生得不知不覺，誰也沒觀察到它是在哪個瞬間變成這樣的。

傑瑞從肖恩身後鑽出來，「你們知道『哭泣天使』和『SCP-173』嗎……」

「怎麼，難道我們應該盯著它不動？」肖恩說話的時候，已經在死死瞪著這面牆了。

瑟西說：「不至於，剛才我們在轉角後面，誰都沒看著它，現在也沒有商量好眨眼的時機什麼的，如果它是你說的那種東西，我們早就遭殃了。」

傑瑞的目光瞬間從牆上移開，改為盯著瑟西，「我好吃驚！妳居然懂我們講的東西，我爸媽就根本不懂，可能連萊爾德和卡拉澤都聽不懂。」

「懂有什麼用，」瑟西搖頭，「這又不是遊戲，還能找到攻略……所以我們該怎麼辦？離開這裡？」

傑瑞看向瑟西手裡的槍，「這牆……能被打死嗎？」

瑟西說：「我剛才很想這麼做。但萬一它很堅硬，後果會很危險。」

肖恩想了想，問：「如果我用球棒打它會怎樣？」

「你小心一點。」瑟西說。

肖恩認為這樣猜來猜去也沒有意義，必須用點什麼來接觸它，才能明白它到底有沒有威脅。當然丟釘子不行，釘子太輕太小了。

他讓傑瑞和瑟西後退些，拎著球棒靠近黑色牆壁，又與它保持著一點距離。他沒有直接用力揮棒，而是雙手緊緊握著球棒，試探著用頂端碰了碰那片黑色。

看了之前那枚釘子的經歷，他本以為球棒也會被稍微「吞」進去一下，所以他做好了要和一面牆拔河的心理準備。但這並沒有發生，球棒碰觸到堅硬的牆壁，發出了清脆的聲響。

他又換位置敲了兩下，恍惚之間，他覺得這牆壁變得更加平滑了……他看到了自己每個動作的倒影。倒影比之前清楚很多，他身形輪廓的邊緣清晰可見，但還看不太清楚面孔之類的細節。牆壁的反光程度就像比較平整的塑膠，或者打磨程度不夠的石頭……

「肖恩，你看到了沒？」傑瑞在後面說。他也發現了這面牆正變得越來越光滑。

肖恩點了點頭，又一次舉起球棒。一個念頭漸漸浮現出來——這不是好事。黑色的平面變得越來越光滑，倒影越來越清晰。這不是好事。

黑色牆壁本就散發著詭異的氣息，而當肖恩盯著上面的倒影時，他更是感覺到了一種難以言明的威脅感。

那明明是自己的倒影，動作與自己一致，但看著它的時候，肖恩卻總覺得自己在看著很危險的東西……比如，幼時絕對不想打開的衣櫃，夜間徘徊在房子對面的黑影，露營區域附近的野獸氣味……比如一個人在鏡子迷宮中，從鏡子裡看到有人向自己走來，卻分辨不出他所在的方向……

很多人都會偶爾嘗到這種危險氣息，儘管真正的衝突還尚未發生。這有助於人們跟著感覺行動，有意無意地避開風險。

對此時此刻的肖恩來說，看著黑色平面上逐漸清晰的影子，他覺得自己正看著高度濃縮的「危險」。

就像是有某種力量，把他十八年生命中所有已避開的危險情況都重新集中起來，準備在某個時刻，全數傾瀉回他身上。

恐怕傑瑞和瑟西也多少有類似的感覺。肖恩能聽到他們一點點退後的腳步聲，和無意識間越來越急促的呼吸。

稍稍分神後，肖恩的視線飄回黑色牆壁上。這瞬間，他看到了球棒。不是他手裡低垂著的金屬球棒。是他的視線在朝下看，看到黑色牆壁的相對位置上，清晰地映出了球棒的模樣。

球棒，還有他的身形，他不安地挪動著的腳步。

更清楚了。他的眼角捕捉到黑色平面上發亮的反光。幾分鐘前它還是吞噬光線的黑霧，現在卻是大理石一樣的黑色鏡面。

從看到清晰的物體到現在，其實也只過去不到一兩秒的時間。肖恩心中警鈴大作，「有危險」的想法幾乎吞沒了他的全部思考。

面前爆發出一聲巨響。金屬球棒狠狠一揮，擊中黑色鏡面與頭同高的位置。

這樣做了之後，肖恩才意識到自己的動作。不需要大腦進行縝密思考並下達命令，肢體就搶先做出了行動。

以球棒擊中的地方為中心，黑色鏡面上蔓延出蛛網狀的裂痕，還有一些細小的碎片隨著球棒移開而落下。恍然間，肖恩覺得每一片碎片中都映著自己的影子，可能還有傑瑞和瑟西的……幸好他看不清，也不想看清。

雖然不知道原因，但他就是覺得……這是不能去看的東西。

他拉上傑瑞，和瑟西一起轉身就跑。那兩人的反應也算快，也許在肖恩打碎「鏡面」時他們就已經想跑了。

他們沿著走過一次的路狂奔，跑進了向下傾斜的橫向通道裡。三人終於暫時停下來，喘著粗氣回頭，死死盯著斜坡通道。

肖恩突然意識到什麼，立刻收回目光，「別看了，別這樣看它。」

傑瑞彎腰撐著膝蓋，聽他這麼說，改為盯著自己的腳。「那……那個，怎麼回事啊……」他連喘帶咳地說，「為什麼啊？它是什麼啊……」

「剛才你們都看到了？」肖恩問。他沒說「看到」什麼，但傑瑞和瑟西竟然都明白他的意思，僵硬地點了點頭。

「你們有什麼感覺……想看著它嗎？」肖恩又問。

其實他不知該怎麼表達那種「危險」的感覺，用語言很難描述，於是他乾脆放棄了詳細的措辭，想到什麼就說什麼。

傑瑞用力搖頭，「不想，不想！我想跑又不敢，看你們都跑了才知道要跑……」

傑瑞曾經以「哭泣天使」和「SCP-173」來比喻那面牆，但也許他完全想錯了方向。它和這些虛構事物是完全相反的。電視劇裡，主角面對「哭泣天使」時不能眨眼，要保持視線接觸，而那面牆不是這樣，他們越是留意它，它就越會映照出某種東西，觀察它越久，未知且不祥的事情就越可能發生。

他們還不知道會發生什麼，就因為無法忍耐的恐懼而逃跑了。

瑟西的呼吸漸漸平復，撫著胸口問：「肖恩，你是不是知道些什麼？」

肖恩搖搖頭，「我什麼也不知道，只是直覺而已。我就是覺得……不能再看它了。」

這種「直覺」在運動場上比較常見。在電光石火之間，人根本沒有時間停下來左思右想，而是要靠直覺與身體的記憶來直接行動。球員得直接做出行動，而不是停下來心算和預演。

通常來說，這種判斷力是依靠訓練和經驗形成的，肖恩絕對沒有經歷過「在古怪的隧道裡砸鏡子」的場景，更不可能針對這種事情受過訓練。但他明白，這種情況會發生在每個人身上。

人從小到大總會經歷各種危險，就像電影《絕命終結站》系列一樣，日常生活並不平凡，它藏有千千萬萬個地獄入口，踏錯一步，人生就結束了。只要是還活著的人，必定都已經歷過無數次生死選擇，並且目前為止每次都做出了相對正確的判斷……只不過，生活不是電影和遊戲，沒有上帝視角，所以大家身在其中，渾然不覺。

肖恩沉默下來。他忽然想起瑟西講過的一段經歷。瑟西說過，她進入這個世界後先是看到了療養院和安琪拉的幻影，然後又遇到四肢形如昆蟲的怪物。她很害怕，在害怕的同時，卻又奇異地覺得這種感覺很熟悉……

這是一種很怪異的「既視感」。經歷過，害怕過，但渾然不覺。

一個朦朧的念頭在心中形成，但肖恩一時還抓不住它。他用指腹來回按了按腦袋，試圖集中精神觀察四周，讓那未成形的念頭隨意散開。反正他也不太願意繼續思考下去。

「我們該向哪邊走？」他看向瑟西。

「跟著電線走吧。」瑟西指了指橫向隧道的左邊。他們來時路上的電線轉向左側，而右邊的電線似乎是從左側深處折返出來的。

瑟西解釋說，電線也許不能帶他們找到其他出口，但多半能把他們引到發電機旁邊，而那邊很可能存在布線者駐留的痕跡，甚至有起居區或倉庫之類。他們也許能找到有用的線索，甚至地下工事的地圖。那時他們可以再重新上路，尋找其他出口。

肖恩和傑瑞同意她的看法。三人摸著左邊牆壁，時刻留意著牆上的小燈，繼續向隧道深處走去。

在他們身後，隧道淺層，他們路過的地方，鴉群分散飛向不同地方，空氣中留下一絲幽微的低沉嘆息。

在伸手不見五指的黑暗中，萊爾德並沒有再閉上眼。雖然什麼也看不見，但他還是直視著前方。手心清晰地傳來另一個人的體溫。列維的手挺熱，看來他只是表面冷靜，其實也緊張得很。

萊爾德暗暗感慨，和人手牽手走路簡直像是小朋友的行為，而且還多半是兩個未到學齡的小女生。其實他十一二歲時也這樣和實習生手牽手過，而且當時周圍也比較昏暗。

那天他剛做完某種診療，不良反應特別嚴重，一個人連路都走不好。他望著黑沉沉的走廊，理智上知道這只是因為老樓房光照不足，可感受上卻彷彿是要走入地獄一樣，邁出一步就萬劫不復，空氣裡到處都是隱形的刀和針，他想向前走，它們就會圍攏過來撕咬他……

其實長大後的萊爾德忘記了很多細節。他不太理解自己當年為什麼會有那種驚懼和疼痛，明明它們都是無中生有。

那一天，實習生過來幫助他。實習生本來想直接把他抱回去，但小萊爾德拒絕任何人碰他，他說那樣會更痛。實習生很有耐心地安撫他，與他溝通，最後他同意拉著實習生的手，盡力保持冷靜，慢慢走回病房。

走著走著，不明原因的痛苦和恐懼逐漸減淡，直至全部消失。小萊爾德舒了一口氣，他感覺就像剛剛看過牙醫，心理受到了一些創傷，但不要緊，反正一切都結束了，即使回頭看看診所也不會害怕了。

相對於他之前的激烈反應，現在他的態度實在是太過輕描淡寫。每次他都是這樣，一點也不覺得有哪裡奇怪。

快走到病房門口時，實習生說：「你沒事了就好。別怕，就快結束了。」

今天的診療已經結束了，小萊爾德很清楚這一點。所以實習生說的話有些奇怪。「快結束了是指什麼？」他問，「是我快要可以出院了嗎？」

實習生撇了撇嘴，給出了令他有些小失望的答案，「出院的事不是我們說了算。我們只管專項治療。」

小萊爾德問：「那你說的是什麼快結束了？」

實習生看了看周圍，小聲說：「你的專項治療就要收尾了。」

「你們要走了？」小萊爾德問。他站在病房門口，已經一點都不難受了，也不再需要別人保護和攙扶，但他拉著實習生的手卻無意識地握得更緊。

實習生說：「好像是快了。之後醫院可能會讓你搬回新大樓裡，那邊的環境比較好一些。」

「你還會回來嗎？」問出口之後，小萊爾德又連忙解釋，「呃，我並不是需要那個療程，我是說……」

實習生已經明白了他的意思，「我應該不會回來了。我是跟著導師的，不會在這間醫院入職。」

小萊爾德嘆了口氣，垮著肩膀，「也是……而且你們不能和病人有私下聯繫，不符合什麼什麼的章程，對吧……」

「是的。不過，如果假期裡有時間，我可以來探望你。」

聽到這句話，小萊爾德抬起頭，目光一下就亮了起來，「真的？你有假期？」

「沒假期怎麼行，誰受得了？」實習生笑道。

「假期長嗎？」

「不長，但來看你一下總應該夠吧。」

「不會違規嗎？」

「那時就不算違規了，」實習生說，「現在我們是醫病關係，我得守規矩。等我離開這裡，我們就是普通朋友的關係。」

「也對！那你什麼時候回來？」

實習生說：「現在可不好說。我只知道我們要走，什麼時候走都還不清楚呢。」

小萊爾德問：「那……萬一將來你回來探病，可是我已經出院了，那該怎麼辦？」

實習生頓了頓。當時的小萊爾德認為他是在認真思考這個問題，現在回憶起來，他應該是在想「你不可能這麼快出院」。

實習生給出的回答是：「如果你出院了，我也可以通過醫院找到你的聯繫方式。現在不行，現在我們是醫病關係，不能聊這個。」

當時的萊爾德畢竟只是個孩子，他覺得十分有道理，一切都十分完美。

他的特殊診療快結束了，也許說明他真的很快就要出院了。專家會和這裡的醫生開會，認為他已經治癒，然後他就可以回家了。他並不是特別喜歡那個家，甚至還很害怕那棟房子，但外面總比住院好。他可以去外婆家住，也許還可以轉學到那邊，換個環境，認識新的朋友。

那時，實習生會去找他，他非常想把實習生介紹給自己的同學……對了，他因病休學太久，出去之後恐怕要有一群新同學了。他想先努力多認識些朋友，再讓他們認識實習生，同齡人就會用崇拜的眼神看著他，因為他交到了校外的年長朋友。他從前的同學中就有幾個這樣的孩子，他們認識高中裡十五六歲的大男孩，所以每天都風光得很……

「好極了，」小萊爾德十分滿意，「我會等你的。」

他終於放開了實習生的手，因為之前那種強烈的焦慮和恐懼都消失了。

其實，實習生預估錯了，他和他的導師並沒有很快離開醫院。他們又在這裡留了將近半年。

在這期間，實習生幫萊爾德的 **iPod** 補充了一批歌曲，還在萊爾德的授意下「偷渡」幾套紙質桌遊進來。實習生雖然年長幾歲，卻根本不會玩這些東西，還要靠萊爾德教他。萊爾德也不全會，經常要現學規則，然後再教實習生。時間過得很快，等到實習生離開的時候，他和萊爾德都還沒吃透遊戲規則。

因為堅信實習生會回來探病，萊爾德並沒有表現得太依依惜別。實習生把 **iPod** 帶走了，因為醫院不允許他留電子產品給萊爾德，桌遊和一些小文具則留了下來。萊爾德沒有意識到的是，之前他親自寫下的日記也不見了。

他完全沒發覺，甚至根本不覺得自己寫過日記。就算寫過，也是閒著無聊隨便寫的，他覺得自己肯定寫了幾天就放棄了。

他覺得不重要。

令小萊爾德失望的是，他並沒有很快被允許出院。他搬回了新大樓的病房，醫生說他仍然有這樣那樣的症狀，他仍然通不過這樣那樣的測試……日子一天天過去，實習生根本沒有回來探病。不過小萊爾德也不怎麼在乎。

回憶起來，之前是有個院外專家帶著實習生替他看過病。他和實習生關係不錯，但這並不重要。

他自然而然地認為這不重要。

他沒有失憶，只是覺得不重要。

直到今天，他才隱約地明白是為什麼。

那是一種只有少數人掌握的技藝，有點像大眾印象裡的「催眠」，但又不太一樣……他只能大概知道那是一種技巧，卻不能完全理解它的本質。

還有很多類似的東西都是這樣——

比如灰色怪物在他耳邊囁嚅的造語。比如從聲音直接轉化為畫面的訊息。比如直接鑽入他腦中的知識與記憶……還比如混淆。角度。盲點。詩。崗哨。視野。雷諾茲。自我意識。盲點。導師。黑暗。成品。真理。辛朋鎮。崗哨。盲點。出生。視線。向前。混淆……

他知道，卻不理解。

就像很多事情一樣——他兩歲的時候就知道如何行走，卻必然並不理解人類雙腿的結構。

萊爾德忽然驚醒。

手心中的溫度消失了，他沒有繼續握著列維的手，也不知道列維在哪。感官逐漸清晰起來。萊爾德手裡沉甸甸的，手指上不僅有堅硬觸感，似乎還有薄薄的一層塵土。

他捧著一頁書。

那是一顆烏色的頭骨，只有半塊，上面布滿密密麻麻的符文，幾乎沒有平滑的地方。符文像是雕刻在上面，又像是在緩緩蠕動，每當眼睛閱讀完一處，這處的符文就會自動移開，其他線條會綿延過來，自動補上。

萊爾德專注地盯著這一頁書，在不知不覺之間就讀完了上面的符文。也正因如此，他才又模模糊糊地記住了一些原本不知道的東西。

他不知道這些符文叫什麼，但是能讀懂。他不知道它們是否有發音，但能看到含義。

讀得越多，他身體內部那種隱祕的疼痛就越明顯。起初只是一次短暫的抽痛。

一般人會認為只是肋間神經痛。它再次出現時，萊爾德就認出了這熟悉的感覺。疼痛開始於身體深處，不是心臟，不是腸胃，不是骨頭，是說不出道不明的地方。如果人真有靈魂，他會認為疼痛來自於靈魂的最中心。

它起源於靈魂中心，卻能點燃四肢百骸。萊爾德感覺自己被剖開，某些東西被從體內扯出去，又有別的東西野蠻地衝進來。

上一次這麼痛就發生在不久前，他在一段漆黑甬道的盡頭，列維也在，他們剛剛被迎接到第一崗哨的內部。

他當然知道這裡被稱為第一崗哨。他就是知道。他能看懂這些東西了。

再上一次是什麼時候？是在峽谷裡。灰色的拓荒者抓住他，以特殊的技藝與他溝通。

在此之前，他已經很久沒有這麼痛過了。自從「院外專家」和「實習生」從他的人生裡消失之後，他就逐漸忘記了那種痛苦。

這痛苦並不是「院外專家」和「實習生」製造的。他們只是在反覆觀察它，審視它，問詢它。

那麼，這痛苦究竟起源於何處？

萊爾德又一次緊蹙眉頭，手指不自覺地抓住胸口的衣服。他坐著，彎著身體，頭幾乎抵在膝蓋上。

這一頁書已經讀完了。他手中的頭骨滾到地上……應該是「地上」吧，萊爾德聽到了「骨碌碌」的聲音。其實他並不知道周圍的環境是什麼樣子，除了這一頁書，他還沒看到其他東西。

他忽然驚訝地發現，每次痛苦都伴隨著「獲知」。獲知越多，痛苦越大。他體內似乎有個開關閥，它平時一直關閉著，只要打開，他就會墜入地獄，但必須打開，他才能感知真相。

那麼到底是誰在他體內放了這樣一個「開關」？又是誰第一個使用它、關閉它？萊爾德緊緊閉上眼。他在一片黑暗中看到一雙手，手指很長，手腕也很細。鮮血完全覆蓋了它，幾乎看不出本來的膚色。

又一隻手出現了。這是另一個人的手，它更嬌小，指頭更圓潤，而且一塵不染，皮膚潔白。它輕輕搭在被鮮血染紅的右腕上，只停留了片刻就離開了，像是一次無聲的安撫。

染血的雙手握著某種細小的利器，左手伸向萊爾德的視野。

一種無法承受的強烈恐懼向他襲來。他試圖轉移注意力，想「閉上眼」，但他的眼睛本來就是閉起來的。於是他拚命抵抗本能，想強迫自己睜眼。

與此同時，他感覺到自己的手好像抓住了什麼東西。這次不是頭骨，是某種布料或者皮革。

他的視線晃了一下，恍惚間已經睜開了眼睛，他手裡抓著一塊土灰色的軟皮，很舊，比較柔軟，應該是被特殊處理過。他把皮革拎起來，上頭布滿符文，看來這也是一頁書。除了符文，皮革中段還有兩處奇怪的結節……萊爾德仔細看了看，發現那是人類的乳頭。這是一張來自軀體正面的人皮。

我竟然沒有嘔吐。這是萊爾德產生的第一個想法。

按照正常情況，他應該反胃、乾嘔、立刻把這玩意丟掉……但他並沒有。仔細一想也不奇怪，之前他都已經捧著頭骨讀了那麼久了，還讀得十分順利。

漸漸地，他已經有點習慣身體深處的疼痛了。他有了能抬起頭的力氣，於是開始試著觀察四周。

一開始，眼前模模糊糊的，像是隔著一層結霜的玻璃，他的視力只夠看清手中的書頁。

這個狀態沒維持太久，遠處傳來一個有些耳熟的聲音，聽清聲音之後，他的視野也跟著清晰起來。

手中的人皮、腳邊的頭骨並不存在。他坐在地上，手裡捧著的是一本真正的書。

皮革封皮，粗線裝訂，隨便一翻開，就能看到一段疏離卻生動的記述。它來自某個人的主觀視角，記錄了他的所見所悟……

萊爾德稍稍移開視野，就不太記得剛才讀到的內容了。他的注意力被遠處的聲音吸引，暫時放下了手裡的書。

萊爾德扶著身後的書架站起來，然後才意識到這裡竟然還有書架。

他環視四周，自己置身於兩排書架之間的出口處，面對走道，對面也是一組組這樣的書架。所有書架都高得不可思議，萊爾德抬起頭，脖子仰到不能再仰，也看不到書架的最高處。

或許不是書架高，而是天花板太黑了。他最多只能看清三人多高的位置，再高處就像隱入了模模糊糊的黑霧。

書架也都是黑色的，而書本則毫無規律，千奇百怪。剛才他拿著的是皮質封面的古書，腳邊丟著的則是一捆帶木芯的卷軸。身邊的書架上有顏色不同、大小不同的各種書本。

有些是寬而厚的大部頭，有些是薄薄的小冊子，有看起來是比較新的膠裝書，還有些是年代古早的華麗古經，甚至還有以竹子薄片書寫後捆綁成的捲筒。在書本之中還夾雜著一些不能成冊的零散紙張，小到手掌大小的便箋，大到類似掛式地圖。

這些書本紙張堆放得十分雜亂，不像一般的圖書館那樣按照品項和形狀排列。如果一個人喜歡和紙製品打交道，卻從不整理書櫃，那麼把他的書櫃和書房容量擴大無數倍，並且按照他的習慣來把它們塞滿，大概就是現在此處的模樣。

萊爾德從書架間走出來，迷茫地站在走道中心。天花板是黑的，太遠的地方也是黑的，近處也沒有照明來源，但他卻能看清周圍的東西。

他繼續仔細聆聽，尋找剛才幫他轉移注意力的那個聲音。

「……但是真理不等於幸福，是這樣嗎？」

下面一句有點聽不清楚，接著聲音又說：「首先要怎麼定義它們？」

這好像不是自言自語，而是在進行交談。

「嗯……我不知道。那你是怎麼選的？或者你當時是怎麼思考的？」

萊爾德循著聲音慢慢靠近。聲音越來越明顯，看來他找對了方向。

「所以，也就是說……」

聲音還在說話。這絕對是列維・卡拉澤的聲音，現在聽得越來越清楚了，萊爾德能夠完全肯定自己不會聽錯。

但他一直沒聽到其他人的聲音，不知道列維在和誰說話。

「所以納加爾泥板也是一個誤會。哦，是的，我明白這個是同源的東西。嗯，也就是說……」

萊爾德心想，列維在和誰聊著什麼東西啊？聽起來還挺複雜的……

「是的，我受訓的時候就知道。什麼？哦，不是，因為我不是導師。對……你繼續說。」

這樣的對話還在繼續。列維更多的時候只是在傾聽，並且不時給出回應，所以他的發言七零八落，拼湊不出完整的話題。

萊爾德來到兩排書架之間，書架的遠端藏在陰影之中，站在走道這一側無法看清深處。

這一帶似乎比別的地方更加令人不適，高大的書架給人強烈的壓迫感，彷彿它們不是書架，而是一排排墓碑……而且是有著自我意識的墓碑。

它們靜默地矗立著，散發著幽邃的寒意，用不存在的眼睛俯視著下面渺小的活物。

萊爾德走進書架之間。他沒有聽到自己的腳步聲，但裡面的人察覺到了他。列維的聲音停下了。

「列維？」萊爾德試著叫了一聲。

話音剛落，龐大的黑暗向他襲來。

萊爾德全身都墜入了冰窟，一時間無法再發出聲音。

他在寒冷中失神了幾秒，才終於意識到這不是嚴寒，而是強烈到無法形容的恐懼。

那不是列維·卡拉澤。

那不是列維·卡拉澤。

那不是列維·卡拉澤。

萊爾德的腦海裡不斷重複著這句話，眼睛卻直直盯著向他迎面走來的東西。

雖然無法形容它，但萊爾德清楚地意識到，自己曾經見過它——在十幾年前，在精神病院中經歷特殊診療之後。

既不是血色的無皮人形，也不是灰色的嵌合肢體，更不是羅伊與艾希莉那樣的怪異表皮，或艾希莉如今那樣的蠕動肉塊。

都不是。都不像。

它到底是什麼？

它不是列維·卡拉澤。它到底是什麼？

SEEK NO EVIL

CHAPTER EIGHTTENN

【永不復還】

四周先是一片漆黑。為了避免走散，列維和萊爾德牽起手，在黑暗中睜著眼睛前行。很快，雖然沒有燈光，但列維能看到東西了。

戴著鳥嘴面具的信使雷諾茲又一次出現了。他向列維點頭致意，引領著列維走向前，兩人先後踏上一段向下的螺旋形階梯。

階梯被安放在一口深坑中，深坑的直徑很窄，階梯上兩人只能一前一後，無法並肩行走。階梯像是黑木頭，又像是鑄鐵，列維好幾次想摸摸看是什麼質地，結果卻一直沒搞清楚。

旋轉了不知多少次，他們終於接近深坑底部。列維有種錯覺，覺得自己並不是沿著螺旋階梯走下來，而是從高空緩緩落下來的。

萊爾德去哪了?列維疑惑地向上望去。階梯高處黑漆漆的，他已經看不到起點了。

列維走到了階梯底部。狹窄的深坑變得豁然開朗，這下面竟然是一座寬闊而昏暗的大廳。他有很多問題想問雷諾茲，比如這是哪裡，以及萊爾德又在哪。

離開最後一級臺階後，雷諾茲不見了，可列維根本沒察覺到。當然，他也沒有問萊爾德的事。他忽然不記得要問了。

他向著寂靜的大廳深處走去，邊走邊震驚地看著腳下。他腳下踏著的並不是地板，而是密集堆疊起來的各種書本和紙張。

有頗具魔幻色彩的裝飾古抄本，還有款式簡潔的平裝本，不僅有紙製品，偶爾還能看到一些陶片或畫滿字元的衣服。不少書本是攤開的，上面的文字各不相同，有些是顯而易見的英語，有些是異國文字，有些是學會內部造語，還有些是只有導師們才能使用的特殊技藝符文。這些東西堆滿了整座寬闊的大廳，綿延到視野可及的所有範圍。

列維慢慢蹲下來，撫摸到一本落滿塵土的書，他沒有急於查看其中內容，而是先放下背包，拿出一本線繩裝訂的本子。

本子是他從樹屋裡拿的。樹屋主人的日記旁邊還有空白本子，列維在搜索時把它偷偷裝了起來。現在，這是屬於他的日記了。

他已經用無墨筆記錄了不少東西，使用的是造語和英文混雜的文字。他的記錄力求簡潔，並不追求深刻。獵犬的記述只是一種輔助，他們並不需要像導師一樣深思和研究這一切。

身為拓荒者，獵犬的使命是找到這些散落的書頁。至於如何攜帶它們，這一點並不需要擔心，他不需要電子設備的幫助，因為他本人就是記錄儀器。

對了，萊爾德到底去哪了？如果他也在這裡，該怎麼對他解釋這一切？

這種「如何解釋」的困惑並不是出於刻意欺騙，而是列維真的不知道該從何說起。如果需要的話，他可以再騙萊爾德吃一片藥，這樣萊爾德就會順利地接受發生的一切。但是萊爾德到底在哪？

列維又四下看了看，仍然沒有萊爾德的蹤跡。他並不著急，他能隱約感覺到萊爾德沒有走丟，應該還在附近。這片區域太寬闊了，萊爾德應該是在較遠的昏暗角落裡。

列維把自己的日記放在一邊。無論將來他本人將去向何方，這本日記總歸是要留在這裡的。

他盤腿坐下來，隨便打開一本古書。他不需要做選擇，拓荒者們會主動選擇該將什麼呈現給他。

一些較為基礎的東西，列維在受訓期就已經知道了。其他的獵犬肯定也都知道。比如，學會正式成立於十九世紀，但學者們對神聖真理的研究則開始得更早。最早的記錄能夠追溯到西元前，只不過當時的他們尚未就一些問題達成共識，而且也還未形成世界規模的組織。

學會將十九世紀前的階段稱為「泛神祕學時期」。在這個漫長的時期內，研究者們之中只有「導師」，並沒有「獵犬」和「信使」。

早在泛神祕學時期，研究者們就已經逐漸認識到，越是接觸神聖真理，人類就越會與實體外部疏離。邁入高層視野者將永不復還。正如進化之路不能回溯。已發生的事件無法抹消，胎兒可以生長為成人，成人無法回到母體。

對於個體研究者來說，這個過程是必然的、可接受的、愉悅的；但對於學會的長遠使命而言，現階段還不應過於冒進。如果所有研究者都急於邁入高層視野，那他們就無法成為引路人，無法指導後繼者，追求神聖真理的道路很可能會中途斷裂。

於是，為了進行長遠的探索，學會不僅需要「研究者」，也需要「開路者」和「路標」。漸漸地，追尋真理的隊伍之中也出現了「獵犬」與「信使」。他們負責承擔探索之路上的其他必行之事，但並不接觸最核心的神祕。

這只是各司其職，他們並無怨言。那些最危險的祕密只有導師能去接觸並研究。導師們掌握的不僅是危險的祕密，還有一些令人難以置信的隱祕技藝。在遙遠的年代，不同文明對這些技藝有著不同的理解，人類經常將其理解為神諭、魔法、祭祀成果、宗教信仰……甚至是單純的藝術虛構，或近代流行的外星文明痕跡。

以上這些概念也不全是錯的。畢竟學會也尚未破解其祕密。

這些技藝大多是在泛神祕學時期被發現的，出自年代極為久遠的古籍。說是古籍，但它們並不一定是現代意義上的「書」，它們存在於世界各地，可以以任何物品為載體，比如器具上的鐫文、石板文書、祭臺雕刻等等。

其中當然也有不少是真正的書籍。書籍出自古代學者之手，他們把研究成果整理為較為清晰的體系，以虛構或宗教經書的形式流傳於世，為後世的研究者提供了指路明燈。

學會內把這類事物統稱為「啟示」。外界並不知道這些東西的具體名稱，連獵犬與信使也不知道。他們只知道它們確實存在，也知道一些關於它們的基本常識。

在目前已破譯的「啟示」中，最古老的一個在尼亞洞穴中被發現，距今已經有四萬年以上。研究者們用一個又一個百年來對它們進行破譯和應用，在它們的引導中逐漸前進，並且獲取到了超越尋常現實的特殊技藝。這些技藝本身就是證據，證明了現實世界中存在著迷霧，人類長期困於繭中，在外面還有無窮未知的真相。

然而無論是已經探知到的隱約線索，還是目前已掌握的隱祕技藝，導師們都並不以此為榮。

這些東西並不高深，它們只是非常初級、非常渺小的東西。

就像是小動物學到了馬戲團表演技巧。雖然這是同類所不能之事，但它膚淺至極，尚未實現視野的突破。不過，幸好人們的狀態並不等同於馬戲團動物。

學會認為，目前他們的探索階段更接近第一次開口呼喚母親的嬰孩——某一天，孩子能夠以語言呼喚一句「媽媽」，能夠以語言嘗試表達訴求，對嬰孩而言這是很大的突破，但並不意味著他已經長大。

這只是成長的初期，他仍然在蒙昧狀態之中，並有可能夭亡在這漫長的蒙昧時期，永遠失去覺醒的機會。

在這條成長的路上，總有些人比別人走得更遠、走得更久。

比如建設第一崗哨的先驅們，比如守衛第一崗哨的信使，比如一八二二年那位傳奇般的導師——他常年研究古籍和符文技藝，首次成功計算出了破除盲點的方式。他是第一個主動走入盲點的導師。當年還沒有「不協之門」的說法。學會設立之初，「不協之門」被稱為「盲點」。

與此導師一同尋找盲點的研究者均歿於海難，屍體被潮汐送回了岸邊，唯獨他的屍體從未被找到。由於情況特殊，學會中對這次事件意見不一，有人認為此人並沒有進入「盲點」，他和同伴一樣葬身大海，只是屍體未被尋獲而已；也有一部分人堅信他獲得了成功，證據就在殘缺不全的船體遺骸上，甲板部位殘留著一段不完整的符文公式，其中某些計算方式超過了目前大多數導師能理解的範疇。

經歷了暴雨和海水的沖刷，甲板上的字元能保留下來一小部分已經是奇蹟了。這段符文極為複雜，而且還損失了一些關鍵部分，導師們一直無法重現它。

直到一九八〇年，導師卡拉澤接手關於此類符文的研究。

導師卡拉澤雖然年輕，卻擁有令人吃驚的天賦和領悟力。學會內部普遍相信他們已經成功再現了唐璜號上的符文，不僅如此，他們肯定還發現了更多東西，甚至可能是至今無人能理解的真相。

只可惜，與其他導師一樣，在一九八五年的時候，導師卡拉澤也成為了被撕毀的書頁。

其實說「撕毀」並不準確。學會將意外損失的導師稱為「被撕毀的書頁」，但導師卡拉澤並不是在意外中失蹤的。他們也許已經超越了常人視野，正在嶄新的領域裡闊步。

如果將神聖真理比喻為神，他們就是已被接受的祭品。每一個拓荒者都在參與這場祭祀。只不過，拓荒者們的分工不同。導師全都是祭品，信使和獵犬則是祭司。導師成為散落的書頁後，信使和獵犬要將它們尋回，把祭祀的成果帶回祭臺下，分給所有後繼之人。

列維專注其中，並不需要逐字逐句去理解這些文字。甚至，他都不知道自己什麼時候看完手裡的一本書，又在什麼時候拿起了旁邊的羊皮紙。

這不是閱讀，而是接受。

即使是自己尚不理解的東西，他也一樣可以接受……只要他能把它們帶回去就好。

接受的過程有一種喪失個人意志的錯覺。他的自體感幾度消失，再在不經意間重新聚合。這種感覺並不難受，毫無痛苦，如同回到了小時候。他與淵博而溫和的教官相對而坐，暢談令人激動的未知……心中產生這種感受後，他又覺得自己的記憶出了錯。獵犬的教官當然也很淵博，但好像沒有給過他如此深刻的印象。

他似乎曾經和誰深刻地交談過，但不是和教官。

他們探討古籍，研究失傳文字的破譯方式，研究符文的應用，試圖還原一八二二年和一九八五年的符文演算法……他一時想不起來交談的對象是誰了，照理來說他不可能和教官談這些。

他是獵犬，不是導師，這些應該是導師的領域。

隨即他想到，自己應該是被崗哨內的書頁影響了，所以會產生剛才的錯覺。於是他安心地拋開個人意識，繼續接收著崗哨試圖告訴他的一切……

「列維？」

忽然，他聽到了熟悉的聲音，還伴隨著逐漸靠近的腳步聲。

列維的注意力被拉了回來。是萊爾德來了，果然他並沒有走丟，他確實一直在附近。他不是學會人員，不知他會對眼前的一切作何感想。

列維中斷專注，打算先應付一下萊爾德。他的視線從手中的小石板上移開，站起來，回頭望去。

萊爾德站在有點遠的地方，面無表情，臉色慘白。

列維決定先問個模棱兩可的問題：「你……感覺怎麼樣？」

萊爾德沒有回答。他的表情越來越凝重，很快就變成了令人不安的驚恐，列維曾經見過他露出這樣的表情，是在他第一次面對門內的伊蓮娜時。

「萊爾德？你怎麼了？」列維走過去。

萊爾德的呼吸越來越急促，看起來幾乎要窒息了，列維還沒能靠近，他便突然轉身就跑。

列維愣住了，並沒有馬上追過去。

他眼睜睜看著萊爾德被書本絆倒，然後又連滾帶爬地繼續跑遠。

列維回身從背包裡拿出一條藥片。藥片不能攝取得這麼頻繁，但如果萊爾德需要，他只能這麼做。就算有什麼副作用，也總比徹底崩潰更好。

照理說，藥片是留給拓荒者本人的，獵犬不該在無關人員身上浪費它。但列維覺得無所謂，他自己吃過藥了，效果還在，他現在感覺很好。而且信使雷諾茲說萊爾德有資格到崗哨來，萊爾德已經不能算無關人員了。

我得保護他。

腦子裡突然冒出這麼一句話，十分突兀。

列維感到莫名其妙。他並沒有這樣想，這句話就自己浮現出來了。就像突然鑽進腦海的旋律、電視上滾動播放的廣告詞，即使人們不刻意去記，也會因為平時聽得太多而無意間牢牢記住。

然後，在一些意想不到的時刻，思維放空的時候，它們會不由自主地冒出來。這句話轉瞬即逝，看來它並沒有廣告詞那麼洗腦。列維暫時把它拋在腦後。

遠處傳來萊爾德雜亂的腳步聲，聽起來像是又摔了一跤。列維踏著書堆，循著聲音，向開闊的昏暗深處追去。

萊爾德一路狂奔到某個角落，被一個插著幾張紙捲的陶罐絆倒在地。他爬起來的時候好奇地摸了一下陶罐，又像被燙到一樣丟開。他手上的觸感不是陶罐，而是殘留著乾枯表皮的人頭。

列維很快追了過去，看著萊爾德瘋癲地跌跌撞撞。列維一時也無法靠近他，他們的腳步都不太俐落，踩著各類書本雜物前進，它們堆疊得像垃圾山一樣，在上面跑動十分艱難。

起初列維猜想，萊爾德的腦子會不會又回到了十歲？或者更準確點，好像是十一二歲？

於是他試著捏起嗓音用更輕的語氣說話，叫萊爾德不要害怕，冷靜點，這裡不危險等等……聽起來蠢兮兮的，而且萊爾德並不買帳。

很快列維就意識到，萊爾德的精神並沒有回到十歲，他現在仍然是成年人，因為他從懷裡掏出了槍。

列維立刻停下來，隔著一段距離與他僵持著。

不久之前，萊爾德瞄準血紅色怪物的時候，即使害怕，他的雙手也十分平穩，而現在他在發抖，抖了片刻才意識到沒拉開保險。他變得很不靈活，差點把槍丟掉，再度舉槍時，他沒有遲疑，隨隨便便就直接開了一槍。

他當然什麼也沒打中，他的眼神到處亂飄，根本就沒有嘗試瞄準，只是由於喪失冷靜而胡亂開槍。

他拿出的是之前自稱用來防身的小口徑手槍，而且子彈不多，幾下就打空了。他撲向手提箱，想換子彈，中途又把槍弄掉了好幾次。

列維早就偷偷繞到了後面，看準時機就撲上去，把萊爾德輕鬆掀翻，面朝下制伏住。

萊爾德還沒換好子彈，所以列維也不急著奪槍。他從腰帶後面摸出手銬，心情有些微妙。最初他打算銬住羅伊，後來又拿它束縛艾希莉，這兩次都沒成功，現在倒是用在了萊爾德身上。

列維從側面用膝蓋頂住萊爾德的背，將他的雙手絞到身後銬住，再掰開手指把槍拿走。這過程中萊爾德一直在掙扎，而且比列維預想的要有力氣得多。銬好他之後，列維又壓制了他很久，才讓他慢慢認命地冷靜下來。

列維把槍藏好，又在萊爾德身上摸索了一遍，他身上沒有其他武器了，除了皮帶釦裡是一套開鎖工具，黑長袍內側的隱蔽口袋裡有兩顆袖釦模樣的東西。

列維仔細查看了一下，原來那是兩顆能隱密拍攝的微型攝影機，其中一枚已經裂開，多半壞掉了。從存放它們的位置來看，萊爾德根本還沒使用過它們，甚至將來多半也不打算用。

列維早就知道萊爾德也有使命在身。可是照這樣看來，他倒像是在故意消極應對。他極為主動地尋找不協之門，進來後卻根本不使用準備好的儀器……那他到底是來幹什麼的？

萊爾德趴在那輕輕喘著氣，應該還清醒著。沒有鏡片的眼鏡落在他腦袋旁邊，其中一邊折得翹了起來。為了不讓萊爾德的眼睛被戳傷，列維蹲跪在他頭側，輕捏住他的下顎，把他埋在書本縫隙裡的臉輕輕扳過來。

萊爾德竟然哭了，淚水不斷從瞇起的雙眼中湧出，幾乎把睫毛糊在一起。鏡架把他的鼻梁和額頭撞出了兩塊紅痕，除此外倒是沒有別的損傷。

列維的手指接觸著他的臉頰，能感覺到他還在微微發抖，他的嘴唇也在顫動，似乎是想說什麼話，又完全說不出來。

列維扶著萊爾德的肩膀，讓他變成側臥的姿勢，這樣應該比一直趴著舒服些。

「你到底怎麼了？怎麼又瘋了？」列維問。

萊爾德並沒有回答。他先是盯著眼前最近的東西——是一本沒有封皮的黃紙本子，然後他的眼睛轉了幾圈，慢慢抬起視線。

列維伸出手指擺到萊爾德面前，本意是想看他的眼睛對外界有沒有正常反應，可萊爾德立刻緊緊閉上了眼睛，身體也跟著蜷縮起來。

列維無奈地嘆氣。他掏出藥片，又擠出一片來。他把萊爾德從地上拖起來，讓他面朝上，靠著自己的腿。萊爾德這次沒怎麼掙扎，一臉認命的表情。列維很想知道他到底看見了什麼，竟然崩潰到這種地步。

列維一手捏開他的嘴巴，另一手把藥片塞進喉間，然後用熟練的手法托著他的下顎，微妙地改變角度，讓他只能把藥往下嚥。萊爾德的手被銬在後面，基本上無法反抗。

做完這些，列維繼續觀察萊爾德的反應。萊爾德的目光一直亂飄。起初列維還以為他在找什麼，後來才意識到他是在躲閃。他不敢直視列維。很快，萊爾德的顫抖停止了，目光也穩定下來，雙眼雖睜著，卻呈現出失神狀態。他臉上的淚痕還沒乾，列維隨便幫他抹了兩把，同時問他怎麼樣了，他仍然沒有反應。

列維搖搖頭，把他輕輕放下來，萊爾德躺在書堆上，又蜷成了一團。

「萊爾德，我不知道你是怎麼了，」列維對他說，「我想不出什麼別的方式幫你，而且也不能打開手銬，因為你顯然已經瘋了。我還有其他事要做，是很重要的事，所以你就先這樣休息一下，如果有什麼事情可以叫我。」

說完之後，他抬頭望向之前待著的位置。

崗哨仍在對他竊竊私語，他忽然被一種奇異的寧靜感包圍。剛才的小插曲不再令他擔憂。萊爾德似乎看到了什麼恐怖的東西，還對他開槍，但現在這些都不重要，如果需要的話，將來還有得是機會調查原因。

列維憑感覺往回走，書籍在他腳下發出「喀啦喀啦」的聲音。

「繼續告訴我。讓我把它們帶回去，把他們帶回去……」

他低聲呢喃著，翻開手邊令人倍感親切的書本，目光漸漸放空。

二〇〇二年十二月二日夜裡，實習生冒著大雪，敲開一間鄉下小旅館的門。

旅館裡沒有客人，只有老闆一個人。老闆對他的突然到訪感到十分意外，不管怎麼說，還是先讓他進來了。

老闆將實習生引往客房，遞給他一杯熱可可，問他為什麼會突然來這裡。實習生說，想談談關於萊爾德的事。

對萊爾德·凱茨的研究已經告一段落，他們師生二人早已離開蓋拉湖精神病院。學會高層監控了每一次探知，現在已經得出結論，認為可以中斷對萊爾德·凱茨的探知實驗了。

學會認為，這個孩子應該是真的遭遇過「不協之門」，但他的研究價值並不高。他的精神在幾年前就被擊碎了，現在再怎麼探查，也只能探知到他的恐懼和痛苦，這些東西只是殘存的情緒回饋，而不是有資訊含量的線索。

當年他年紀小，認知能力本就尚未發育完善，後來經過普通醫學手段的干預引導，他現在完全相信那段遭遇只是普通的恐怖刑事案件。

他的記憶就像一件被拋光打磨過的古董，有意義的沉積都被磨損掉了。所以，現在他「正常」了，但也沒有價值了。

得到這個結果後，主導研究的導師離開醫院，暫時回到故鄉祖宅，也就是這間鄉下旅館。他思慮良久，決定提出申請，希望能繼續進行這個探知項目。

最好是能動用一些必要的管道，將探知對象轉到其他醫院。最近蓋拉湖精神病院正在經歷一些變動，可能漸漸無法與學會合作了。

他打算在明天提出申請。明天一早，他要開幾個小時的車去附近城市參加會議。這次會議和萊爾德・凱茨沒什麼關係，導師們要商量的是一些學會內部的事宜。

他決定直接把建議帶到會議上，到時候即使同僚們對這個話題感到不耐煩，也只能先聽他說完。只要有機會表達清楚，他就有機會改變多數人的看法。

實習生並不知道第二天的會議。他只是見習導師，沒有資格參與決策性的討論。但他知道自己的老師想繼續關於萊爾德的項目，所以為此而來。

師生二人交談到凌晨，只睡了兩三個小時，天還沒亮就又起來了。

導師不能把實習生帶到會議上，於是提出可以開車將實習生送到熟悉的巴士站，讓他自行離開。

昨天，實習生沒能說服自己的老師。

他不想再見那個孩子。並且也不想讓別人去見。萊爾德・凱茨沒有價值才好，就當一個普通的瘋子才好。

交談之後，實習生沒有堅持自己的看法，他很清楚，自己並不能改變老師的決定。

坐在車上，他一直面無表情地看著窗外。老師並沒有在意他的情緒，他平時也是這副樣子，表情很少，很多人都說他根本不像這個年紀的人。

冬日的清晨來得太晚，車子開了一段時間，天空才開始亮起來。他們減速越過一條鐵道，拐進仍然安靜的寬闊公路，實習生望著窗外，忽然回想起自己決定來找老師談話的原因。

原因很簡單。兩天前，他在汽車旅館看了一下電視。

那天他打算趕往某地的圖書館，中途在汽車旅館住了一夜。他打開電視，隨便轉了幾個頻道，停在一部正在播放的老電影上。

電影裡有四個比他小一些的男孩，他們應該和萊爾德·凱茨的年紀差不多。他們是很好的朋友，似乎要一起去尋找凶案現場什麼的。

如果萊爾德沒有出過事，他大概也會和這些孩子一樣，在小鎮裡生活，有幾個學校朋友，放假後一起到處亂跑。

電影情節大致是講友情、逆境、冒險之類的。實習生是從電影的中途開始看，看到最後，他的內心毫無波瀾。平時他根本不喜歡看這些。

但是，在電影落幕之前，卻發生了一件奇怪的事情。

故事幾乎結束的時候，已經成年的主角用非常平靜的語氣說：「我會永遠懷念他。從此以後，我就再也沒有過那樣的朋友了。」

那一刻，實習生忽然發現周圍非常安靜，窗外的雜音全都消失了。他的心口忽然有些難受。他還傻傻地測了一下自己的脈搏，一切正常。

更奇怪的事還在後面。關掉電視後，他幾乎一夜未眠。

一個強烈的念頭整夜徘徊在他的腦子裡：我得保護他。

我得保護他。

他天還沒亮就動身出發，在沒有接到指示的情況下私下去了老師的住處。

十二月三日夜裡下起了雪，他敲開了老師的家門。

二〇〇三年九月，列維．卡拉澤結束了漫長的訓練期，成為獨自出外勤的獵犬。最近，他第一次脫離教官的引導，開始獨自行動，信使交給他的首項指示是調查一起車禍。

雖然定調為車禍，但網路上有不少人認為這是靈異事件。事件發生於二〇〇二年年末。死者的小轎車突然失控，撞向一輛正常行駛的貨車。貨車受到一定程度的損毀，司機受了輕傷，現在早已痊癒，小轎車駕駛則當場死亡。

去年冬天，列維也捲入過一次車禍。他頭部受傷，昏迷了幾天，醒來後還一度喪失正常判斷力，現在已經恢復了正常。

正是因為那次意外，所以學會才叫他來調查類似事件。據說是因為他體驗過極端瞬間的心理變化，頭部受創的經歷也有助於讓他分辨別人的幻覺和真實。他忍不住猜測，信使指示他調查這起車禍，或許說明導師們懷疑這件事也與不協之門有關。

列維查閱過事故相關資料，細節確實有點可疑。撞擊發生前，死者曾經做出解開安全帶、解鎖車門並嘗試開門的舉動，可與此同時，他卻沒有試圖停車。於是汽車開始蛇行，最終與對面車道的貨車相撞。據貨車司機所說，他在事故發生的瞬間看到了奇怪的東西。小轎車裡有某種非常黑暗而龐大的實體，像是影子，又像是會動的生物，總之絕對不是人類的身影。它太過龐大，完全遮蓋了兩名乘車者的身影，甚至還有一部分模模糊糊的影子溢出了車外。

然後，車禍發生了。貨車受損較輕，但司機也陷入了短暫昏迷，等他醒來後，救援人員和警方已經趕到。

身為學會成員，列維知道一些外人不知道的事情。死者是一名學會的導師，而且當時車上還有一個人，是一名見習導師。可是事故發生後，現場只有導師的屍體，在警方的記錄裡沒有見習導師這個人。列維並不需要調查這人具體是誰，學會向他明示過，此人身分已經查明，只是不便對外公布。

列維需要調查的是，第一，貨車司機究竟看到了什麼；第二，導師在死亡前的真實經歷；第三，見習導師的失蹤，是否與貨車司機看到的異常物體有關。

列維忙碌了兩個多月，調查一直沒有進展。這時，信使又出現了，並且通知他結束調查，學會已經從別的管道掌握了真相。

於是，列維的首次嗅探就這麼結束了。

獵犬不需要知道所有真相，只需要服從結束調查的命令。

列維覺得自己很失敗，但教官說這很正常。過了些日子，列維才逐漸明白，這次調查肯定是一種隱性的測試。

教官向上遞交了他的評鑑報告，表示他一切正常，生理指標無異常，頭腦清晰，思維穩定，記憶無斷層。

不久後，列維從封閉受訓地點搬了出來。從此以後，他將完全融於社會，不會回到任何特定基地，也不會得知它們的具體位置。

搬家的時候，他的某件大衣裡掉出一臺 iPod。他不記得是什麼時候買的了，好像是受訓期間某個同僚送的禮物吧。

充電後，iPod 竟然還能用。耳機裡傳出老歌《加州旅館》，列維隨便跟著哼了幾句，還沒聽完就隨手放在一旁。他一直不太喜歡影視和音樂什麼的，總之就是提不起興趣。

日子一天天過去，他很快就忘記了這件小東西，也不會再回憶那個沒結果的案件。

獵犬只專注於嗅探，不需要的東西都可以拋在腦後。

「你們說，這是真的門還是『那種』門？」肖恩問。

肖恩、傑瑞、瑟西三人沿著電線走了大約十分鐘，中途拐了幾個彎，現在被燈光引到了一扇門面前。門位於隧道盡頭的牆壁右邊，又窄又薄，木頭上塗著發黃的白漆，已經斑駁脫落得不成樣子。

傑瑞說：「你一向最敏銳了，你覺得有危險嗎？」

肖恩搖頭，「我可不敢隨便斷言……反正得小心點，誰知道裡面有什麼東西。」說著，他掂著球棒往前走，「你們別過來，我先去看看。瑟西，如果有什麼不對，妳就在這掩護我。」

瑟西一把將他扯了回來，「你這孩子，是不是一直很想說『你掩護我』這種臺詞？」

肖恩抓了抓頭，「怎麼，不對嗎？」

「我拿著一把霰彈槍，能掩護個鬼？那麼小的門，如果裡面有怪物撲出來，我要把你們兩個一起打成篩子嗎？」

說罷，她把肖恩推到一邊，「站在我身後一點，幫我開門。」

傑瑞在後面看著他們，忍不住用指腹輕輕地鼓掌。瑟西持槍站在門邊，肖恩在門板後負責開門，姿勢簡直就是那種電影和遊戲裡的突擊小隊嘛。

門把是木頭的，非常簡易，還搖搖晃晃的。門上沒有鎖頭，「吱呀」一聲就被拉開了。開門的瞬間瑟西緊張了一下，但並沒有發生什麼事情，於是她慢慢放低了槍口。

門內流露出昏黃的燈光，比通道裡的亮一點。瑟西和肖恩對視一眼，肖恩把門開得更大，沒有任何怪物撲出來，也沒有剛才他們見過的黑色牆壁。

傑瑞沒等他們招呼就湊了過去。三人聚在門邊，暫時不敢邁進去。

這個房間挺大，左右不寬，但是很深，由於燈光昏暗，他們看不清房間盡頭。之前瑟西認為電線會帶他們走到倉庫或者起居區，她算是猜對了一半。這裡確實有文明的痕跡，但現在肯定沒有活人居住。牆邊放置著一些粗糙簡陋的日常用品，比如木條釘成的貨架，斷了半邊腳癱倒在地的桌子，被摔碎的電報機，打開的行軍凳，破了個大洞的鐵皮檔案櫃……更昏暗的深處像是休息區域，那裡鋪著幾條發黑的毯子，上面堆著各種雜物，比如帆布背包、破掉的痲袋，以及幾件形態扭曲且看起來十分堅硬的衣服。

商量了片刻之後，三個人終於下定決心走了進去。他們每一步都要小心翼翼，地上散落了太多雜物，像是瓷器碎片、陶瓷杯、木碗、鞋子、手套……看起來充滿生活細節，卻又同時帶有一種古怪氣氛。

他們逐漸才意識到這種古怪從何而來。不僅每一件東西都很破舊，而且它們彼此之間也存在著年代差異。

比如印著俄文的半導體收音機、款式古老的男士外套、紅白相間的綁帶運動鞋、令人聯想起海盜的三角帽……它們混雜擺放，沒有規律，就像是來自不同年代的龍捲風襲擊了各自時代的宿營地，然後把這些東西攜帶到了同一個奧茲國。

三人依然在跟著電線走，最後也沒有找到發電機之類的東西。電線伸入了石頭牆壁，牆敲起來似乎是實心的。

肖恩找到了一塊黑板，它立在遠離燈光的牆角，只有半張報紙大，上面留著工整清晰的粉筆字：**找在這裡**。

「這是什麼？」傑瑞湊過去。

肖恩說：「不知道。反正是從前什麼人留下的吧，看來有不少人來過這裡。」

「但他們現在都不在了。」

「不在更好。」尚恩說，「往好處想，也許他們只是暫時把這裡當基地，休整之後又會出發，然後就再也回不來了……」

「你這叫『往好處想』嗎？」傑瑞插嘴說。

尚恩斜瞪他一眼，「往壞處想，也許他們早就變成了別的東西。比如這座山外面滿地都是的那些東西……在艾希莉出現以前，它們說不定整天都在附近徘徊，如果它們沒死，我們就會遇到它們。」

傑瑞打了個寒顫。岩山附近遍地是活著的屍塊，它們如果還完整無損，確實有可能是住在這裡的居民。

在他們說話時，瑟西已經舉著槍查看了整個區域，還把木門又關了回去。她找了個相對乾淨些的角落坐下來，伸開疲痛的雙腿，抬起頭時，正好看到對面牆邊靠著一張小木凳，凳子上擺著倒扣的相框。

她有些好奇，就把相框翻了過來。照片是反著的，相紙背面朝外，上面留著一行字：我在看你們。

「這是什麼？」她把相片拿出來，給尚恩和傑瑞看。

相片並不稀奇，上面是一家四口，依偎在一起的男女摟著兩個幾歲大的孩子。

原本瑟西還以為「我在看你們」是照片的主人在懷念家庭，仔細一想，她又覺得這字跡很奇怪……它太新了。

相框十分破舊，相片也已經泛黃，這行字卻像是剛寫上去沒多久。

當她看到肖恩和傑瑞找到的黑板時，她身上冒出一股涼意。

——我在這裡。

——我在看你們。

三人初步交流後，就只剩下面面相覷，誰都不想左顧右盼，生怕一眼看到什麼不該看的東西。

傑瑞稍微挪動腳步時，差點被一張半捲起來的毯子絆倒。他無意間踢開毯子，發現毯子下面有一行字：我會引領你們。

瑟西望向傑瑞，卻順便發現半人高的牆壁上有刻出來的字：無須恐懼。

她低聲驚呼，引得肖恩和傑瑞也順著她的視線看去，可是當他們一起看的時候，字卻發生了改變：否則永無出路。

「到底是誰在搞鬼！」肖恩舉起了球棒，用盡可能凶悍的聲音大吼，「出來！不要搞這種嚇唬人的魔術！」

並沒有人回應他。在他威脅地來回移動球棒時，視線一轉，忽然看到原本空白的石壁上又多了一行黑字：我並不與你們同在。

他還沒搞明白，傑瑞就擠到他身邊瑟瑟發抖地扯了扯他的袖子，只見他們腳下的地上也寫了一行字：你們陷入過深的假象。

瑟西看到那塊最初發現寫了字的黑板，黑板上的字也改變了：你們尚未超越視野。

然後是相片。相片背後的字變成了：我會引導你們。

把照片從眼前拿開，距離視線最近的木凳表面上刻著：回到表層。

肖恩無意間抬高視線，發現天花板寫著大號的黑字：回到上層。

字的旁邊還有箭頭，指著他們來的方向。肖恩稍微往那邊走了一步，收回視線時，發現這個房間的木門上也寫著字：我在等待。

肖恩不敢靠近門，而是小心地伸出球棒，把向外開的門慢慢推開。外面的隧道一切正常，並沒有出現什麼恐怖的東西。

他回頭去看牆壁和地面，剛才還很清晰的字全都不見了。天花板、木凳、黑板、照片背後的字也都不見了。

——我在這裡，我在看著你們，我會引領你們，無須恐懼，否則永無出路，我並不與你們同在，你們陷入過深的假象，你們尚未超越視野，我會引導你們，回到表層，回到上層，我在等待。

按照文字被發現的順序，有人……或者有別的什麼，對他們說了這樣的一段話。

傑瑞瑟瑟發抖，「他是叫我們回到上面去嗎？就是進來的地方？」

肖恩回想起那片平滑的黑色，光是回憶就讓他不寒而慄，他自己也說不清楚為什麼如此恐懼。

「我們是要回去，」肖恩說，「但不是回之前那個地方……我們繼續走吧，找別的路。卡拉澤和你哥哥會在方尖碑附近等我們，我們……」

他的話還沒說完，傑瑞和瑟西突然驚叫一聲。他們看著門的方向，剛才門被肖恩用球棒推開了。

同時，那方向傳來了一陣「噗啦啦」的聲音，肖恩猛然回身，一隻烏鴉落在門外的地面上。

不同位置的橘色小燈為它投下三條長長的影子，烏鴉本身的黑色比每條影子都濃。

三個人誰都不敢出聲。烏鴉拍打翅膀，向後跳了幾步，像是示意他們走出來、跟上去。

在岩山附近也出現過很多烏鴉，當時他們並不害怕，只覺得牠們是這個世界的生物而已。現在，肖恩在烏鴉身上感覺到熟悉的氣息，不久前他還和它近距離面對面過——就是那片平滑的黑色壁障。

從烏鴉的方向傳來一句話。聲音並不是烏鴉發出的，它聽起來更遠，還帶著回聲。

「不要留在這裡。」

肖恩困惑地看向傑瑞和瑟西，傑瑞緊張兮兮地握著小手斧，一臉迷茫地回望肖恩，好像在問「你看我幹嘛」。

烏鴉又拍打幾下翅膀，在昏暗的通道裡盤旋起來。伴隨著振翅聲，肖恩繼續聽到了有人說話的聲音。

「留在這裡，會是最差的結局。」

「什麼意思？」肖恩問出聲了。

傑瑞和瑟西望向他，他們以為肖恩是對眼前的情況提出疑問，於是傑瑞說：「我們也不知道啊。所以到底該怎麼辦？剛才你說繼續走，去找別的出口，我同意！這麼一隻鳥應該也攔不住我們，要不然……我們直接跑吧！」

肖恩這才意識到，傑瑞根本聽不見那些聲音。他觀察瑟西的表情，瑟西只是警惕地盯著門口，她大概也聽不見。

「啊，你很特殊。」聲音繼續響起，「這樣就簡單很多了。如果你像他們一樣，我會很難與你們溝通。」

「你是誰！」肖恩盯著那隻鳥大喊。

他的反應嚇到了傑瑞和瑟西，兩人在他身後緊張地交換眼神。

烏鴉落在了距離他們更遠的地面上，隧道中的聲音聽起來時遠時近。

「你們沒有被允許進入，但你們自行找到了表層的入口。你們深入了奧祕的旋渦之中，並洞察外界，審視自我，這樣會導致你們越陷越深，永無出路。」

這種通順的對話反而減少了恐懼感。肖恩向前走了幾步，「這算是威脅嗎？」

「這是事實。」聲音回答。

「不用你說，我們當然會離開這裡。」肖恩說。

「但你們不能。你們無法。」聲音漠然而堅決，還帶著淡淡的嘆息，「當然，這並非終點，你們還有選擇……」

肖恩不想聽下去，他衝上前重重關上門，把旁邊的鐵皮檔案櫃拖過來堵住它，還嫌不夠般在鐵皮櫃上加了把木凳。

這一系列動作讓傑瑞和瑟西目瞪口呆，在他們看來，之前三人只是無措地與門外的烏鴉對峙，然後肖恩突然大聲自言自語，並面色鐵青地堵住了門。

傑瑞慢慢接近喘著粗氣的肖恩，「呃，你怎麼了？發生什麼事了？」

肖恩抹了一把臉。他回答不上來。

關上門後，他又忽然覺得剛才也沒什麼可怕的，不就是一隻鳥和一陣幻聽嗎？他無法解釋自己為什麼如此恐懼。

「我們不是要繼續走嗎？」傑瑞問，「你把門堵住，我們不就出不去了嗎？」

「我……我們再想想辦法……」肖恩只是隨口這麼說，其實他腦子裡一團亂麻，根本不知道從何想起。

傑瑞擔憂地看著肖恩。肖恩呼吸沉重，額頭上冒出冷汗，眼神無法聚焦地飄忽不定。他甩了甩頭，用力眨眼幾次，把一隻手搭在傑瑞肩上，像是安慰傑瑞，又像是為自己尋找支撐。

「我不想聽什麼『選擇』……我就是覺得，那樣不好。」肖恩緊皺著眉說。

傑瑞根本沒聽懂，只是順著他回答：「對對對，所以你看我們該怎麼辦？」

肖恩忽然直直盯著傑瑞，傑瑞被盯得有些不自在，移開目光望向瑟西。瑟西無措地聳了聳肩，顯然她也不明白肖恩身上發生了什麼事。

沉默了片刻之後，肖恩說：「傑瑞，當初你哥哥說得對……我不該去找你的，我應該離你家遠點……」

「你在說什麼？」傑瑞感到莫名其妙，「萊爾德對你說，讓你離我家遠點？他為什麼要這樣說？」

肖恩拍了拍傑瑞的肩，放開手，慢慢後退，靠坐在沒有塌掉的桌子邊緣。

「剛才我意識到……不，我早就隱約意識到了，我總是會發現一些奇怪的東西，然後會連累你們也發現它……如果不是有我的提示，你們可能根本不會遇到危險。」

「萊爾德是這樣說的？」傑瑞湊到他身邊，「你別聽他胡說八道，他不是靈媒，他是個騙子。」

肖恩笑了一下，「之前你還說他是驅魔人呢……」在傑瑞準備討論萊爾德的身分之前，肖恩截斷他的話頭，繼續說下去，「在你家的時候，是我先發現浴室裡的『門』的。如果我沒有發現，你現在根本不會在這裡。」

傑瑞連忙說：「不不，不是的，是我非要拿著手機湊上去拍它，是我自己的責任。還有，我們進入這座隧道的時候，入口的門是我先發現的！」

肖恩說：「你發現的是一扇真正的門，真的開在石頭上的隧道口。我們都盯著艾希莉，所以你先看見了它，其實我們誰都能看見。而我感覺得到的那些東西不一樣……一開始，我們走在那個到處是草的地方，是我先感覺到周圍有動靜，然後你們就都發現了，於是我們就看到了灰色的樹林，遇到了那些怪物……」

「不是啊，」傑瑞說，「就算你什麼都沒感覺到，我們也只是晚一點察覺到而已。如果那片草原是無邊無際的呢？難道我們就永遠這麼走下去嗎？再說了，如果我們不看到灰色樹林，就遇不到艾希莉和羅伊了！」

肖恩說：「遇到他們又有什麼用？我們也沒辦法救他們。」

這句話讓傑瑞的目光也暗了暗，但他立刻堅定地說：「不是的。我們還是未成年人……雖然你成年了，但也只是個高中生，我們的能力本來就不足以救他們，這不是我們的責任。他們不能得救，都怪……怪我哥哥和列維．卡拉澤！他們是專業人士，這是他們的責任！」

肖恩又被逗笑了，「你哥哥已經夠慘了，別再給他增加負擔了。」

「好吧，有道理……那就都怪列維．卡拉澤！我們一路上都是照著他的建議走的！」

肖恩苦笑著捏了捏眉頭，如果此時列維在場，不知道他會是什麼反應。

肖恩整理了一下思路，說：「是這樣的……傑瑞，你別忙著安慰我，聽我說。我覺得自己很不對勁，我的狀態不正常。但我說不清楚這個感覺……即使能說清楚，我也不該說給你們聽。就像之前一樣，如果我把自己的感受傳達給你們，也許反而會把你們也拖下水。你能理解我的意思嗎？」

傑瑞點點頭。尚恩繼續說：「我會很難控制自己，可能會做出不正確的選擇，所以，我希望你不要太聽我的，你是怎麼想的，就去做你認為對的選擇。」

傑瑞說：「可是我從小就當你的小跟班，我習慣了。」

「少來，你根本就不怎麼聽話。現在你繼續發揚不聽話的那一面就好。」

「所以你就是想說這個？」傑瑞問，「我好像懂，又好像不太懂……那現在到底應該怎麼辦啊？我們不能從原路出去嗎？」

尚恩確實覺得不能從原路出去。稍微回想起烏鴉，他就會想起入口附近的黑色平面。它給他帶來無法理解的恐懼感，讓他出於本能想要遠離……但他並不確定自己的感受是不是對的。

尚恩嘆口氣，轉過頭去：「瑟西，妳覺得怎麼辦更好？」

他望向瑟西之前站的地方，但瑟西並不在那裡。他和傑瑞說話的時候，她在這個狹長而雜亂的房間裡四處搜尋，現在她站在很深處的地方，正在和一架折疊行軍床較勁。

行軍床是展開狀態，被豎著靠在牆壁上，和牆壁的夾角之間似乎藏著什麼。瑟西刨開地上的空罐頭、髒衣服，好不容易才摸到床架。

「我們來幫忙！」傑瑞拉著尚恩一起走過去。

行軍床並不重，在他們湊過去之前，瑟西已經把它推到了一旁。床後面竟然立著一面穿衣鏡。

鏡子大約一人寬，比瑟西的身高矮一點點。鏡面爬滿裂痕，還落了不少浮塵，照出的人影不太清楚。

「剛才我隱約看到裡面有亮光，還以為又是條通道，」瑟西嘆氣，「原來是鏡子啊。」

尚恩看著這面鏡子，忍不住把它和那個黑色的平面相比較。同樣是映出模模糊糊的人形，但這鏡子並不嚇人，他完全沒有感覺到任何壓迫感。

甚至，看著這面破碎的鏡子時，尚恩還感覺到一種難得的舒適……鏡子讓這片區域更像是活人的起居室，而不是陌生而無規律的異界。

瑟西和傑瑞應該也有類似的感覺。瑟西把行軍床上掛著的破布扯過來，小心地擦拭鏡子。傑瑞在還有浮塵的地方畫了個笑臉。

瑟西因他的舉動而微笑，還說米莎也很喜歡在浮塵或者起霧的玻璃上亂畫。

尚恩感嘆道：「可惜它不是真的通道。如果這裡還有條路就好了，我們就可以繞出去了。」

他望向他們走進來的那扇木門，門被鐵皮櫃和木凳堵得嚴嚴密密……

等等，這不對……

肖恩慢慢睜大眼睛。他記得開門進來的時候，瑟西舉著霰彈槍在門邊，他負責縮在門板下開門。門是朝房間外拉開的。

那麼……剛才他從房間裡面堵上櫃子，又有什麼用？

剛才他腦子不清楚幹了蠢事，為什麼傑瑞和瑟西什麼都沒說？是他們懶得多說，還是他們遲鈍到不正常的地步？

肖恩意識到，那隻烏鴉，以及那個說話的聲音，它們並不是被門和櫃子阻擋在外，它們一開始就進不來。當肖恩拒絕與它視線接觸的時候，它就無法再把聲音傳入這房間中。

他慢慢走向門口，在恍惚中抬起手，又一次用球棒頂住門，把它慢慢推開。

烏鴉就在門外。牠在門外不到一步的地方，以鳥類不可能做到的狀態懸浮在半空。

在肖恩看到牠的瞬間，隧道中又響起了聲音。

「別去。」

肖恩像被電流擊中一樣，連滾帶爬地退回到房間深處。

鏡子中映出傑瑞和瑟西的身影，而本該站在鏡子前的兩人卻不見了。

「傑瑞！瑟西！」肖恩撲向鏡子。

鏡中有他正常的倒影。他看到自己邋遢的衣著和充血的雙眼，傑瑞與瑟西站在更遠處。他們站在與外面一樣的隧道裡，隧道一側也有小燈。他們似乎在交談，但肖恩聽不見聲音。

傑瑞回頭了，他看向鏡面方向，做了個招呼的手勢，從口型來看似乎是在說「我們走吧」。

肖恩渾身發寒。他以為鏡中的「自己」會轉身離開，但並沒有。

鏡中的「肖恩」與他動作一致，並無變化，而傑瑞和瑟西卻收回目光，轉身離去，似乎已經等到了他們的同伴。

傑瑞看著空氣說話，還錯開了一點距離，為了讓不存在的「人」走到前面去。

瑟西回了一下頭，卻只是出於警戒。她忽視了鏡子裡的「肖恩」，與傑瑞一起走向隧道深處。

SEEK NO EVIL

CHAPTER NINETEEN

【宇宙是羽毛交織的天空】

肖恩嘗試衝進鏡子裡，卻把鏡子撞得粉碎。

碎片細小而均勻，像雪花一樣黏在他的衣服上，再隨著他的動作簌簌落下，堆滿了地面。恍惚間，他從小碎片裡看到了一些折射出來的畫面，等他反應過來，去思考那到底是什麼的時候，他又看不見那些畫面了。

碎片折射的應該是周圍的環境，但和他看到的畫面不太一樣。他從頭頂落下的碎片中瞥見自己身後，看到了之前見過的小黑板和雜物，它們並不存在於亮著橘色小燈的房間內，而是處於一個他無法形容的環境中……僅憑一瞬間的察覺，他根本無法看清那是什麼。

鏡子碎掉後，鏡框中只剩下木板。肖恩剛看到木板時它還光禿禿的，一眨眼間，上面就出現了一行字：你還有選擇。

肖恩無法抑制心中的恐懼與苦悶，他提起球棒衝向門口，掀翻鐵皮櫃和木凳，揮起球棒朝外面的烏鴉砸去。烏鴉懸停在原處，不閃不避，在球棒擊中牠的時候，肖恩聽到空氣中迴盪著一聲嘆息。

球棒帶起一陣煙霧，烏鴉憑空消失了。緊接著，隧道遠處的轉角後又響起振翅聲，之前說話的聲音再次出現：「我是為幫助你而來的。」

「他們去哪了！」肖恩嘶吼著向聲音跑去，但轉角後面什麼也沒有，同時，振翅聲又在隧道更遠處響起。

那聲音說：「他們在衝突的狀態下深入崗哨。他們只能如此了。而你還有選擇。」

「傑瑞和瑟西在哪？我要見他們！」肖恩向著聲音一路追去，也不管前面是否有危險。不管他跑得多快，他和聲音之間永遠隔著很遠的距離。

聲音又在嘆氣，「你可以做到。」

「好！怎麼做？我要見他們！馬上！」

肖恩追著它跑了很遠，他能感覺到地形一直向上，他在接近地表方向。途經的道路好像和來時的原路不一樣，他心急如焚，也沒注意到底是走了岔路，還是隧道本身發生了變化。

又拐過一個轉角後，一堵黑色的牆赫然出現在眼前。他來不及煞住腳步，一頭撞了上去。

頭部不受控制地貼近黑牆時，肖恩在極近的距離裡看到了自己。黑色的光滑平面中映出他狼狽的模樣，以及他身後的所有東西——無數盤繞蠕動的肉條取代了通道牆壁，整個環境猶如放大無數倍的灰色大腦，大腦的溝壑不斷移動著，擠壓出一些細小的日常常見之物，比如玻璃碎片、布料、僅剩一邊的折疊椅、斷掉的電線、被撕碎的泛黃紙片、破洞的黑皮靴……其中偶爾還有形如肢體的東西浮現出來，例如一隻小手，或沒有腳部的腿。

所有這些東西都在腦溝中浮浮沉沉，一下被推擠到外層，一下又被吞進皺褶裡。

肖恩無法自控地發出尖叫，即使是在兒童時代，他也從沒有像現在這樣尖叫過。他因慣性撲入黑色平面，光滑的黑鏡在他身後裂成細小的碎片，如黑雪般沾滿他全身。

肖恩的腳步不受控制，還在踉蹌著向前走，像是越來越遠離身後的恐怖畫面，又像是在正面迎向它們。黑雪從他肩頭飄起來，瀰漫散布在空中，編織出一層層的絲綢布幕，布幕圍出一條路，類似進入馬戲團帳篷時的帳幔通道。通道盡頭傳來熟悉的振翅聲，是那隻烏鴉在鼓勵肖恩跟上去。

想到傑瑞和瑟西，肖恩立刻緊緊跟上去。這條路很短，他卻走得十分坎坷，每走一步他都會想到身後的畫面，那些熟悉的雜物、人類的來往痕跡，和蠕動的、有生命的肉褶……如果他真的背對它們逃開了，那麼傑瑞和瑟西走向了哪裡？

「別怕，」振翅聲中的人聲又響起，「像你這樣的人，我見過不只一個。我知道如何為你們消去痛苦，避免你們陷入惡夢。」

肖恩踉蹌著撲向帳幔通道的盡頭，跌入最後一層黑布中。他撲倒在地，身體趴在堅硬的地面上，頭部和一隻伸向前方的手卻沒有受到任何衝擊……他悚然發現，自己竟然趴在一口深坑邊緣。如果剛才沒有摔倒，而是再走兩步，他就會直接跳入深淵。

有人拉住了尚恩的手，尚恩卻沒有感覺到。身體忽然開始滑向前方的深坑，他掙扎了幾下，周圍沒有任何能抓住的東西。

「**先跟我上來。**」

隨著這個聲音，尚恩跌入向上的深坑，驚叫著往高處墜落。

傑瑞和瑟西走到了一個T字路口，前面橫向的通道裡沒有燈光了，往左或往右都是一片漆黑。他們果斷地決定折返，返回上個經過的岔路，重新選一邊走。沒有燈光的地方太危險，即使不說什麼神祕誇張的情況，摔倒和碰撞都可能造成嚴重後果。

往回走了一段時間，瑟西覺得不太對勁。每次經過岔路，她都會開始默數腳步。從上個岔路到T字路口，她走了大約一千六百多步，現在他們往回走，她已經數到了兩千多步，卻還沒走到經過的岔路。一直數到三千步以上，瑟西非常確信這不正常。她叫住了傑瑞和尚恩，把感受到的疑惑告訴他們。

傑瑞問：「會不會我們已經路過了那個岔路，但沒發現？比如光影的問題啦，一時分神啦什麼的……」

瑟西總覺得不太可能，但還是回答：「也許吧……畢竟這裡什麼都有可能發生。」

他們決定繼續直走一段，遇到分岔再做決定。就這樣，走了差不多五分鐘，前方又出現一個T字路口。這個T字路口和之前那個很像，又似乎不太一樣。瑟西站在轉角往兩邊看，左右通道都通向新的轉角，通道裡依然沒有照明，但轉角後面依稀有微弱的光亮。

他們認為是走到了沒來過的區域，所以不敢走進去，而是再次原路折返，打算找找那個疑似被錯過的岔路。

沒多久，他們還真找到了，岔路和主通道前方形成銳角，從這邊走比較容易看見，從對面走過來時，它就容易因為光線不足而被忽略，讓人在視覺上產生錯覺，以為那塊牆壁是相連的。

他們走進岔路，道路從窄慢慢變寬，走了不到一千步，前方又出現一處T字路口。它和前兩個十分相似，不同之處是左右兩邊通道裡的光亮更明顯些，看起來更安全。

瑟西一手撫上左手的牆壁，臉色大變。

「我們一直回到同一個地方……」她的聲音帶著顫抖，「我們已經是第三次走到這個地方了，但我們走的路線明明不一樣啊……」

「是同一個地方？」傑瑞大驚，「好像不太一樣吧？這裡比較亮。」

瑟西指向左邊牆壁，「我們第一次停下來的時候，因為前面沒燈光，我們就返回去了。那時我看到了這個……」

她手指的地方，是石壁上的一個小凹陷，通道裡的石壁不夠平滑，坑坑窪窪並不少見，瑟西所指的凹陷與她的雙眼高度齊平，當她站在T字路口張望時，一轉頭，眼睛就正好對上這個凹陷。

第一次，她沒有在意，也沒有任何反應。第二次看到那個深處有微弱光亮的T字路口時，她也站在了左手邊，也在同一個位置看到了這樣的自然凹陷。她沒有聲張，擔心是自己第一次時看錯了，怕隨便說出來會嚇到兩個孩子。而現在，她第三次看到同樣的凹陷，她確定這就是第一次他們來過的地方。

每次站在這裡，左右轉角裡的光就會更明亮一些。就好像是它們也有了自我意識，當它們發現人們不敢靠近時，就變得亮一點，再亮一點，展示出安全與光明，無聲地呼喚人們靠近……

這一次，三人仍然沒有繼續走。他們誰都說不出為什麼不能去，就僅僅是因為不敢。不過，這次他們做出了一個決定：重新找一遍路，如果這次再走到同一個地方，那麼就不再猶豫，直接走進去。

這個決定是瑟西和傑瑞商量出來的，肖恩從頭到尾都沒發表什麼看法，只是最後表示同意。

傑瑞覺得肖恩怪怪的，他變得沉默了很多，沒什麼精神。傑瑞猜想，他一定是太累了，傑瑞自己也累得要命。

上一次停下來休息是很久之前了。那時他們似乎在像倉庫般的地方坐了幾分鐘，然後瑟西在角落裡發現了一個……通道口？還是沒有門板的門？也好像是個偽裝成家具的暗門。傑瑞一時忘記了那是什麼。

總之，他們繼續前進之後，肖恩就一直非常沉默低落。

幾分鐘後，三人又一次來到了T字路口前。是同一個地方，瑟西在石壁上找到了熟悉的凹陷。這次，左右兩邊的通道裡燈火通明，兩邊都連接著電線，掛著小燈泡。

瑟西嘆息著說：「當初我為什麼會覺得這地方有發電機……我到底在想什麼……這不可能是正常的燈……」

他們之前已經決定了，如果第四次再來到這裡，就乾脆走進去，繼續前進。於是接下來的問題是，左和右，要選哪邊的路。

瑟西想和那兩個孩子商量，一回頭卻看到傑瑞背對她，用手揉著眼睛，發出吸鼻子的聲音。

「你還好嗎？」瑟西輕按他的肩膀。

傑瑞又擦了擦眼睛，不好意思地轉回頭，「很好，很好，我有點過敏症狀……」

瑟西能看出他在偷偷抹眼淚。十幾歲的男孩，哪怕是再嬌生慣養的類型，也不會輕易承認自己在哭鼻子，於是瑟西就假裝接受了過敏的說法，不再多問。

他們決定在這休息一下，走了這麼久，每個人的小腿和腳都開始疲乏痠痛。

瑟西在她最熟悉的凹陷下方坐下來，兩個孩子坐在她對面。從遇到這群人開始，瑟西便一直覺得這兩個孩子很有活力，在這麼古怪的地方，他們竟然還能聊起各種高中裡的話題。

而現在，兩個孩子也沉默下來了。瑟西覺得這不是好事，她決定說點什麼，讓他們別這麼緊張，儘管她自己也一直緊繃著神經。

「傑瑞，我一直想問你一件事，」瑟西擺出非常嚴肅的表情，「希望你能誠實地回答我。」

傑瑞的表情也跟著嚴肅起來，還向前探了探身子，「什麼？妳問吧。」

「你是真的喜歡《火山冬季的幽靈》，還是僅僅偶然提起它，又偶然發現我竟然是作者，然後出於禮貌而說自己喜歡它？」

傑瑞一愣，沒想到竟然是這種問題，他認真回答道：「當然是真的喜歡啊，我從小就喜歡這類的題材，冒險探祕啊、末日逃難啊、廢土生存啊什麼的。我不僅看過《火山冬季的幽靈》，還看過《紫霧的警報》。」

瑟西笑道：「我也只有這兩本書。說真的，兩本都不是什麼有名的作品，你是怎麼發現它們的？」

傑瑞說：「我在一個論壇的喪屍主題板上看到別人推薦的。妳的筆名是詹森，我還一直以為這作者是個很帥氣的硬漢，而且以前當過特種兵什麼的，真不敢相信，其實妳是個……」

「其實是個平凡的家庭主婦？」

傑瑞摸著鼻子笑了笑。他不能這麼說人家，但他腦子裡確實是這麼想的。瑟西看起來和那些走出大型超市的中年女人沒什麼區別。但她會開槍，寫過有趣的書，聽得懂那些有點宅的玩笑……和傑瑞以往對這種人產生的刻板印象很不一樣。這種感覺很奇妙，傑瑞甚至偷偷懷疑她是否也是列維．卡拉澤那樣的祕密特務。

傑瑞不禁想起自己的媽媽。她應該比瑟西大幾歲，可她看起來更年輕些，妝容精緻、聲音甜美，身材和學校裡的年輕女孩們一樣苗條。之前她一直在歐洲參加演出。

傑瑞想像著：我失蹤的消息應該已經傳到她耳裡了吧，她回了國，再連夜趕回松鼠鎮，現在她一定坐在家裡的沙發上，正在以淚洗面。

也許爸爸在旁邊抱著她，也許他根本不在她身邊。他肯定報警了，甚至可能驚動了**FBI**，專業人士們到處尋找所有失蹤者，媽媽負責在家擔心和哭泣，而爸爸……他當然也會擔心，但他不可能放下工作上的事情。他的工作一向很重要，據說耽誤一分鐘就會造成多少損失什麼的……他應該不會一直待在家裡，甚至他可能已經回到南美的分公司去了。

傑瑞望著瑟西，忽然問：「妳女兒看過妳的書嗎？」

瑟西說：「沒有。她才七歲，書裡有些內容不適合這年紀的孩子。」

「噢……太可惜了。」傑瑞嘟囔著。

瑟西不解道：「可惜？」

傑瑞說：「我就是覺得，如果她看過妳寫的書，她現在肯定不會害怕。」

「為什麼這樣說？」

「因為……妳看，我之前看妳的書的時候，我會以為作者是個退伍軍人那樣的硬漢。如果妳女兒看過妳的書，她就會知道妳懂很多東西，起碼書裡提到的那些妳都懂，所以她會對妳很有信心。雖然妳還沒找到她，但她知道妳遲早會出現，她會覺得媽媽是個超級英雄什麼的，所以她一定會得救。」

其實這些話並不能讓瑟西寬心，反而讓她開始想像此時米莎的境遇。但瑟西明白傑瑞是好意，也隱約看出了他在糾結些什麼。

瑟西說：「你把我看得太偉大了。我必須找到她，並不是因為我像個超級英雄，而是因為那是我的責任。傑瑞，你父母知道這些事嗎？」

「哪些？」

「就是突然出現的門什麼的。他們也到這裡來了嗎？」

傑瑞低頭並搖頭，「沒有，他們還在家。他們根本不知道什麼門。他們知道艾希莉和羅伊的失蹤案，但只認為那是普通的失蹤案，警方也一樣……甚至他們可能會以為是高中生藉機離家出走。」

「他們從沒見過那種門？」

「沒見過。」

瑟西說：「那麼，他們和我不一樣。我是和米莎一起走進這個世界的，甚至可以說，如果當初我把她保護得更好，她就根本不會進來……既然我們兩個一起來了，就必須一起離開，這是我的責任。而你的父母沒見過這些，他們根本不知道你在面對什麼，就算想幫你，他們也完全幫不到關鍵的地方。傑瑞，他們和你一樣無助。你要堅持下去，好好回到他們面前。你得回去救他們，成為他們的超級英雄，把他們從擔憂和悲傷中救出來。這是你的責任。」

傑瑞抬頭盯了她片刻，眼睛又有點溼潤。他點點頭，挺起胸膛說了幾句「那是當然的，我完全明白」之類的場面話，然後揉著眼睛繼續抱怨過敏。

休息夠了，就該繼續往前走了。既然逃不過這個路口，就只能選一邊走進去。

他們選了左邊。也沒什麼原因，就是每個人都覺得應該往左邊走，就像有什麼無形的東西在指引他們一樣。

T字路口盡頭的第一個轉角非常近，轉過去之後，前面是一條筆直向前的通道。儘管燈光明亮也看不見盡頭，通道彷彿能無限延伸。

瑟西在正對通道的牆壁上發現了一行黑色的字。字跡很大，又塗寫在人眼高度，位置雖明顯，內容卻不大好辨認，因為塗料已經剝離脫落，看起來年代久遠。

他們得站得稍遠些，才能從殘存的痕跡推測出全部字母。

「勿視自我？」瑟西輕輕讀著，「看來是很久以前來過的人留下的。不知道是什麼意思。」

傑瑞看著它們搖搖頭，「我也不懂。是不要審視自己的內心之類的嗎？肖恩你知道嗎？」

「肖恩？」瑟西問，「你怎麼又提起他啦？」

傑瑞這才想起，肖恩不在這裡。

「噢，我又糊塗了，」他有些低落地說，「他沒有來這個地方……但我總以為他來了。」

瑟西拍了拍他的肩，「大概是因為你很希望他在吧。我記得你說過，他是你的朋友，和你住在同個小鎮，你們從小就在一起。」

「是的……」傑瑞嘆氣，「剛才也不知道是怎麼回事，我有種錯覺，覺得他一直在我們身邊。但我知道，他根本沒有來這個地方。我已經很久沒有見過他了。」

瑟西說：「我也很想見見他。之前聽了你的不少描述，我腦中好像也對他有個隱隱約約的印象了，只是不知道我想像得對不對。」

「如果我們能回去，就能見到他了……」傑瑞說。

瑟西用力捏了捏他的肩膀，「能回去的。我們先繼續走吧。」

於是，他們向著筆直的通道深處走去，不再聊肖恩，也沒有再琢磨牆壁上的字。

走進轉角之前，傑瑞還問過瑟西「如果路不對怎麼辦」、「走多久需要考慮折返」之類的，不過現在兩人都不太在意這些事了。一種奇異的引導力量氤氳在四周，讓人能夠確信自己的選擇，也能夠忽視不必要的念頭。

肖恩聽見了發電機的聲音。

原來瑟西沒說錯，既然有電線和燈泡，就代表這裡有發電機。這裡有人生活的痕跡。

聲音不大，應該是小型發電機，還隔著牆。肖恩隨便聯想著，既然有發電機，就應該還有柴油，是誰把柴油帶到這裡的？當那人走進不該存在的門時，他專門帶了一桶柴油來？甚至發電機也是他帶來的？他的團隊有幾個人？這樣不累贅嗎？他怎麼知道會用到什麼東西？

接下來肖恩想到了解釋，也許這些東西並不是同一批人帶來的，柴油也不只有一桶，電線也不是這批人布置的，是另一批人完善了前人留下的成果。

也許有很多人來過，都零零碎碎地帶了東西進來，有大件有小件，全都留在這裡，只增不減，越來越多……書本文具、武器、居家擺設、電器、衣帽，甚至是建材與能源。

物品會壞掉，所以這些東西不可能一直保持原樣。人們在這裡不會飢餓，但並不意味著一切事物都被凝固在同一瞬間，比如樹屋裡破爛的毯子、掛簾和木桌，比如羅伊和艾希莉丟掉的舊衣服……物品還是會損毀的。

如果物品都積滿塵土，甚至被時間損毀，那麼帶它們來的人們又會怎樣？他們變成無皮人或者灰獵人那樣的東西了嗎？還是他們仍然留在這座人工構築物內，一直庇護著彼此？

想到這裡的時候，一道尖銳的疼痛在頭部炸裂開來，就像是藏在大腦某處的記憶變成了針，從腦袋內部向外猛刺。

肖恩嘶聲抽氣，緩了緩，疼痛很快又消失了。在忍受疼痛的期間，他曾瞥見的畫面又浮現出來：各類零散物品夾在蠕動的腦溝之間，時而被吞沒，時而被吐出來，掉在地面上。

那些東西中不乏堅硬甚至尖銳的類型，如果人的大腦中真的嵌入這些東西，那該會產生多麼可怕的劇痛……肖恩幾乎覺得自己的頭痛就是因此產生的，冷靜下來一想，自己的腦子裡怎麼可能夾著桌椅甚至槍械？

那些質感類似肉的東西也不一定是腦子，只是看上去像而已。它顏色暗淡，深淺不一，有的地方是灰色，有的地方綻放著鮮豔的血肉，隨著蠕動分泌出混著不同顏色的黏液。它很巨大，比人腦大得多，甚至比人大得多，有時人的手臂或腿骨會從腦溝裡伸出來，對比之下，這些就像嘴巴裡叼著的香菸一樣纖細。但是，為什麼會有手臂和腿伸出來呢？連接著它們的軀幹在哪？那些軀幹各自的頭部又在哪？

並沒有完整的人類從肉褶裡掉出來，只會偶爾露出一小塊局部，然後就和那些日常用品一樣又被吞沒進去。這讓肖恩想起被海浪吞沒的衝浪者……不，更像嵌在大坨霜淇淋裡的餅乾碎塊。

霜淇淋被攪拌著，有的地方還很硬，有的地方已經融化。餅乾碎塊被捲進去，又被帶出來，斷面上的渣滓留在霜淇淋裡，被挖出來的部分則沾滿了黏稠物質，它和霜淇淋逐漸融合，翻湧成冰冷甜美的整體……

霜淇淋和大腦的畫面反覆交替，偶爾還會閃現出方尖碑、峽谷、樹屋、比人還高的無邊野草原、舊房子、眼睛、嘴、眼睛……艾希莉所化身的不明肉塊、烏鴉在灰色的天空中盤旋、漆黑的鏡面張開血盆大口、走入浴室裡不該存在的門、縱身躍入無底深淵、傑瑞和瑟西被凍結在鏡子裡、岩山的陰影吞沒了列維與萊爾德……

一陣噁心感湧向喉頭，肖恩乾嘔了幾下，向旁邊一滾，身體側著摔在地上。疼痛不嚴重，還讓他更加清醒了一點。他隱約能感覺到自己是從稍高的檯子上翻了下來。謝天謝地他什麼也吐不出來，否則現在他就會摔在自己的嘔吐物裡。

「你能聽見我的聲音嗎？」

肖恩睜開眼。上方傳來男性的聲音。就是之前他聽過的那個聲音，盤旋在通道裡、伴隨著烏鴉一起出現的聲音。

肖恩點了點頭。

「很好，」那聲音說，「很高興你願意相信我。」

肖恩扶著身邊的東西爬起來，又向後坐下。一開始他的視野很窄，似乎只有眼前的半臂長，現在漸漸恢復了，他看到自己坐在木條箱拼成的臨時「床鋪」上，還有一本電話簿那麼厚的書給他當枕頭。

他望向周圍。這裡是個小房間，很狹窄，也很暗，地上堆滿了各類雜物，有點像他和傑瑞、瑟西去過的那個房間，只是比那裡小很多。

距離他幾步遠的地方有一扇門，或者說一個出口。那裡並沒有門板，外面有燈光，比房內亮很多，發電機的聲音也是從那邊傳來的。

奇怪的是，他看了一圈，卻沒有看到任何人。

「我不在你旁邊。」大概是看出來他在到處找人，聲音從頭頂上方傳來了。

肖恩向上看。這房間的天花板高得令人驚訝，形成了一個銳利的尖頂，與室內的橫寬完全不成比例，僅有的光線照不到那麼高的地方，肖恩只能隱約看到尖頂深處的黑暗裡有東西在緩緩蠕動。

「不要害怕，」聲音說，「現在你看到的一切都不是假象，是真實的、物質的。但也只有在這小小的範圍內，我才能讓你安全地看到真實，能用明確的語言與你對話。」

「對來我說，仍然不夠明確……」肖恩嘟囔著。

那聲音似乎笑了一下。這種反應讓肖恩下意識地感到親切，卻又出於理智而感到詭異。

「我的名字是雷諾茲，」那聲音說，「但我不會介紹自己的身分，你也沒必要知道。」

肖恩說：「嗯，我並不想知道。我只想知道我的朋友們在哪？」

「他們去閱讀了。」

「什麼？」

聲音沒有立刻解釋，而是說：「也許你有所察覺。我一直試圖接近你們，想阻攔你們繼續前進。」

「我感覺到了，」肖恩說，「但是……但是你就不能把話說清楚嗎？那個黑色的、像鏡子一樣的鬼東西是你變的嗎？我哪知道你想幹什麼？對了，你到底是不是人？」

雷諾茲只回答了最後一個問題，「要看你如何定義『人』。」

肖恩頓了頓，決定還是不要嘗試定義「人」了，他覺得這個回答基本上就等於坦白「我不是人」。

雷諾茲繼續說：「在試圖接近你們時，我發現你相當敏銳。可惜你的敏銳讓你誤解了我的本意。」

肖恩問：「你是說我不該跑嗎？不該拿球棒打碎你？」

雷諾茲又輕輕笑了笑，「別在意，你沒有打碎我。你只是破壞了你們幾人對我的連續觀察。我想，這是由於你產生了出於自我防衛的恐懼感。人都會這樣，對危險的提前感知會簡化為恐懼，這是人的生存本能。但是，並非一切恐懼都可以這樣解釋，你恐懼的只是『恐怖』本身，所以你選擇逃離，殊不知自己逃向了更危險的地方。」

肖恩說：「我不明白。你就不能說得更清楚一點嗎？」

「你不明白是你的問題，我已經說得很清楚了。」

肖恩被噎了一下。雖然還沒看見這個雷諾茲的長相，但其形象已經和學校裡最討厭的老師漸漸重合。

雷諾茲停下來，似乎是思考了片刻，問：「你的生活中，有牙醫這種職業嗎？」

「當然有。」肖恩不明白他怎麼突然問這個。

「剛才我說的那個問題……我不知怎麼才能讓你更明白，就用牙醫來舉例好了。你恐懼牙醫，是因為牙醫將為你帶來短暫的痛苦，於是你選擇逃避。但逃避並不是最優選擇，你暫時逃離恐懼之源，其實卻將要面臨更久遠的痛苦，只是你不知道，你不察覺。能察覺的危險才會帶來痛苦，不被察覺的危險會暗暗潛伏，直接吞噬你。」

肖恩若有所悟地點點頭。這個人的形象和最討厭的老師不太一樣了，變成了那種態度不好但還算能溝通的老師。

「所以……你作為牙醫，帶給我的痛苦是什麼？」肖恩問。

雷諾茲說：「審視自我，專注自主意識，映襯內部與外界。」

肖恩瞪視著房間漆黑的高處。起初他不大明白，然後，他忽然想起自己之前看到的東西……

他自己的投影，還有其他東西的投影……肉褶、筆、手指、大腦、膝蓋、毛髮、腦溝、書、黏液、血、獵槍、大腦、折疊椅、人骨、大腦……他不適地低頭捂住嘴。

高處的聲音說：「但是，不要做出淺顯的誤解。我並不是鏡子，也不是書。我只是一種映襯。比如，你認為我是黑色的鏡子，也有人把我看成書本，甚至看成特定外貌的異性，還有人在遠觀到我的活動時會把我看成蝴蝶或鳥……」

「我也看到烏鴉了。」肖恩仍然捂著嘴，從牙縫裡擠出話來，「為什麼？那你到底是什麼？」

雷諾茲說：「我很特殊。我既與你們截然不同，又與你們思維相近。正是這一點，讓我成為你們的映襯。」

「我已經見過很多怪物了，都是和我們不一樣的。你和它們不一樣嗎？」肖恩說。

雷諾茲又停下來思考了片刻，還真的像個認真引導學生的老師。

他說：「你出生前……不對，你小時候，是在什麼情況下第一次知道自己是『人』？還記得嗎？」

肖恩搖搖頭。比起這個問題，他更在意雷諾茲的口誤……什麼人會把「小時候」說成「出生前」？這根本不可能是用詞上的失誤。

他想了想，補充說：「也不是完全不記得，而是大多數人根本不會去記這種事吧？小孩長大了都知道自己是個人，不是特意在某個時刻知道的。」

雷諾茲說：「是你身邊的人類讓你知道這一點的。大人、父母、親友，會讓你察覺到自己是人。他們是比你成熟的個體，他們亦是如此——與你截然不同，又與你思維相近。僅僅『不同』是不夠的，你還記得任何野獸牲畜的模樣嗎？還記得生活中常見的家具、廚具一類嗎？」

「當然記得了……」其實肖恩並不明白他為什麼會有此一問。

雷諾茲說：「那些事物均與你『不同』，但不與你思維相近。它們無法成為你的映襯，無法讓你審視自我。」

肖恩想到了狼孩、人猿泰山之類的，但他又隱約覺得雷諾茲說的不是這回事。就算有點相關，也應該不是指這種淺顯的東西。

他好像理解了，又好像沒有，雷諾茲的話讓他想像自己是個剛出生的嬰兒，周圍沒有成人，甚至也沒有狼孩傳說裡的哺乳動物。如果周圍完全沒有「映襯」存在，這個嬰兒根本不可能活下去……但如果非要強制一個前提，他就是能活下去，那麼又會如何呢？

在無人引導干涉的情況下，這個嬰兒不符常理地活了下去，他會知道自己是人嗎？會知道自己與別的事物有區別嗎？

他眼裡的世界會是什麼樣？

肖恩甩了甩頭，把越來越漫無邊際的聯想全部驅趕走，「好吧，我不是很懂，但我很有耐心地聽你說話了呢。所以，你能不能直接告訴我，傑瑞他們在哪？」

「我說了，他們在閱讀。」

「這是什麼意思？」

「字面的意思，」雷諾茲的語氣有些沉重，讓人覺得這話裡形容的東西應該不是好事，「簡單來說，這個地方就像一間閱覽室，這裡沉澱著無數奧祕，吸引著拓荒者前來閱讀。而保守祕密的人們也十分歡迎他們，無論對方有無資質，他們都希望對方投向自己的懷抱，認真閱讀一切奧祕，並把它們散播得更遠。」

雷諾茲每次說起「奧祕」一詞，肖恩的眼底就會浮現出他看過的畫面：肉褶、筆、手指、大腦、膝蓋、毛髮、腦溝、書、黏液、血、獵槍、大腦、折疊椅、人骨、大腦……

當時他看著黑色的鏡面，在鏡中的自己身後，他無法理解的物質在不停翻湧，緩慢逼近，最長的一根線條……或者類似觸鬚的東西，已經伸到了自己身側……

肖恩忽然想起，在堆滿雜物的房間裡時，門口的烏鴉——也就是這個自稱雷諾茲的傢伙，曾經說過這樣一句話：「你們沒有被允許進入，但你們自行找到了表層的入口。你們深入了奧祕的旋渦之中，並洞察外界，審視自我，這樣會導致你們越陷越深，永無出路。」

肖恩望著高處的黑暗，問：「我們不該越走越深的……而且……而且我們一路上看到的東西，並不是真正的……並不是它們看起來的樣子，對嗎？」

「可以這麼說，」雷諾茲回答，「開鑿在石山上的門是真實存在的，是物質地存在的。那就是表層。但你們走進去之後，就無法看到真實的物質，而是一路向著奧祕的旋渦前進……請放心，此時此地的事物也都是真實存在的。你坐著的木製品，那邊的出路，它們是真的。這高塔……樓……不，方尖碑，這方尖碑的尖頂部分，也是真的。」

肖恩這才明白，他竟然身在方尖碑的尖頂裡。

他問：「你為什麼只提醒我？傑瑞和瑟西就那樣走進去了……」

「不是我只提醒你，是只有你能察覺到我。」雷諾茲說，「我只是守護者，而不是奧祕的持有者。我只在表層傳遞資訊，無法深入深處。當我試圖拉住你們的時候，只有你能受我影響。」

「那……他們現在怎麼樣了？」

黑暗中又傳來一聲嘆息，「我已經感覺不到他們了。」

「那按照你的推測呢？他們會怎麼樣啊？」

「我曾說過。會永無出路。」

「要怎麼做才能把他們找回來？」

雷諾茲對肖恩的提問有些不耐煩，他像個老學究一樣低低咕噥了幾聲，但還是繼續回答了下去。

「勿視自我者，方能接受奧祕。但你的朋友是做不到的。他們的自我意識與奧祕的旋渦不斷衝突，這一點展現出來的表像大概就是……他們會毫無察覺，永遠這樣迷失下去。」

肖恩說：「但你也提過，說什麼……就是有什麼人，保守奧祕的人什麼的，他們歡迎別人來閱讀，然後還希望這些人散播什麼祕密……如果人都出不來了，又要怎麼散播？」

「勿視自我者，方能接受奧祕。」雷諾茲把這句話又重複了一遍，「被此地接受的人，有著在不同層次的視野中穿梭之資質的人，他們會去直面奧祕。這也是他們本該肩負的責任。」

肖恩想了想，「你是說……列維．卡拉澤，和萊爾德．凱茨？」

「我並不知曉他們的名字。」

肖恩基本上能確認他說的就是那兩個人了，「你是說，他們也在那什麼地方的深處？但他們就能出來？」

第一個疑問沒必要回答，於是雷諾茲只回答了後一個。

「我並沒有說他們一定能出來。只是，那是他們應該肩負的責任，那是他們應該去做的事。無論能不能回來，他們都要深入其中。如果他們無法離開，他們也不辱使命，他們會留下來，在閱讀中書寫自己瞭解到的奧祕，成為先驅中的一員。沒入土中之物，若不破土而出，便亦化為泥土。」

「你是說他們會變成……」肖恩問到一半，又彎下腰乾嘔起來。

黑色鏡子裡反射出的那些東西……又浮現在他眼前。

即使不深思，即使不做出具體的描述，甚至，即使他並不知道自己推想得對不對……僅僅是動這個念頭、做這個猜測，他就會感覺到極度不適。

肖恩低頭沉思了片刻，問：「雷諾茲，你在這裡多久了？」

「我無法估算時間。」

「你見過很多人來這裡嗎？我是說，深入到那什麼裡面……」

「很多。非常多。數不勝數。」

「你……見過有多少人能離開？我是說完整地離開，以人類的……以和我差不多的這種形態。」

他本以為雷諾茲需要回憶一下，誰知，雷諾茲回答得非常迅速。

「只有兩個人離開。其中之一是身負使命之人，但她不是你這樣的生物。另一人與你近似，他也是誤入此處。他的敏銳度也與你近似，甚至遠超過你。」

「他是怎麼離開的？」

「他直接回到了低層視野。」

肖恩一頭霧水，「什麼是低層視野？」

「就是你尚未洞察這一切之前，你所深信的那個世界。」

肖恩琢磨了一下，眼睛逐漸睜大，「你是說……有辦法回去？回我們的世界去？」

「我不確定。我並不知曉其中涉及的知識。」

「他是怎麼做到的？」

「他深入奧祕，完成了閱讀。也許在這過程中，他尋獲了自己所需的真相。」

肖恩站起來，「也就是說，如果去做那個什麼『閱讀』，我們也有可能找到離開的方法？」

雷諾茲輕聲嘆息，還未做回應，肖恩又搶在前面繼續說：「即使找不到也沒關係。我的朋友們現在都在那個地方，即使我們回不了家，至少我也可以把他們帶到這邊來，就是你說的什麼『表層』。」

雷諾茲半天沒有回答。黑暗高處的形體在緩緩蠕動著，似乎並不想給出準確的答案。但這個反應恰恰說明肖恩的說法是對的。

「我想回去找他們，」肖恩說，「我該怎麼做？」

雷諾茲說：「要承受奧祕，必無視自我；要保有靈魂，必因內外衝突而迷失。

孩子，這是矛盾的，無法同時做到。如果你想以現在的面貌找到他們，也許不難，但那時你不一定還能記得『回去』這件事。」

肖恩說：「但你說的那個人做到了。他肯定保持著清醒……至少應該是一定程度上的清醒吧，畢竟他還能記得自己想回家。他是怎麼做到的？」

頭頂的黑暗翻湧得更厲害了。雷諾茲嘆息道：「他並不能獨自做到。」

肖恩問：「所以，是你幫了他？能不能也幫幫我？我真的必須找到我的朋友。」

黑暗的湧動變慢了。一縷黑色的影子從高處緩緩垂下，眨眼之間，變成了一條黑色繃帶般的東西。它慢慢垂到肖恩眼前的地板上，堆疊成一團，形成了一個偏矮些的人體形狀。

面對這詭異的一幕，肖恩下意識地想後退，腳跟卻撞在之前當作床的木箱上。這倒讓他鼓起了勇氣，乾脆站定在原地。

漸漸地，渾身纏滿黑繃帶的人形出現在他眼前。它的頭部慢慢從後旋轉向前，露出一張同樣是黑色的鳥嘴面具。

「我確實幫助了他，」雷諾茲的聲音從黑繃帶裡傳出來，「我也可以這樣幫助你。只需要你答應我兩件事。」

「只要是我能做到的。」肖恩說。

「第一件事，請成功做到你希望做到的事。這是我對所有服務對象的願望。」

肖恩對這個「條件」頗為意外，聽起來也太大公無私了吧……與其說這是要別人答應的事，不如說更像是某種祝福。於是他點了點頭，「我當然會的。」

雷諾茲又說：「第二件事，捨棄恐懼，捨棄理性之所在。」

「呃，雖然不太明白，但我可以試試看？」肖恩說。

正覺得奇怪的時候，肖恩感到肩頭被什麼碰了一下，他扭頭去看，一抹黑色攀在他的肩膀上。緊接著，他另一邊的手臂上也出現了類似的東西，一開始只是影子，仔細看看就發現它們又長出了長長的肢體。它們移動的方式像鳥類，動作時又像靈活的手，在肖恩周圍越聚越多，直到擋住他的視線。

肖恩感覺到它們在接觸自己的身體，但它們並沒有做出任何傷害行為。他只能看到距離眼睛最近的一隻「手」，看著看著，還看出了類似皮革和粗布的質感，在這些紡織品的包裹下，有活生生的東西在蠕動著。

肖恩恍然大悟，這就是他看過的鳥。它們聚集的方式，就像廣場上的鴿群團團圍住一個滿身麵包屑的孩子。

肖恩從來沒被鴿群包圍過，他還曾經羨慕過有那種經歷的小孩。

群鳥遮蔽視野，振翅聲掩蓋了真實外界的聲音。只需要那麼一小群鳥，就在一個人與世界之間拉起了帷幕。幾秒到十幾秒之間，那孩子的世界不再由天空與地面構成，也沒有建築與草木，除了他自身以外，便只有羽毛與血肉。

肖恩在黑色肢體……或黑色鳥群之中，思維漸漸飄散開來。他繼續想像，童年時的自己站在公園廣場上，被一群有灰有白的鴿子圍住。

如果在那一刻，他能像機器一樣被重置，失去對世界舊有的認知……那麼在醒來的瞬間，他會不會認為世界就是由羽毛和腳爪構成？如果鴿群在幾秒後散去，他忽然看到無限的蒼穹與充滿幾何線條的構築物，以及來來往往的血肉生物，他會不會認為真實的世界已經崩塌，並因此陷入極度的恐懼？

如果他還是他，不是被重置的機器，也不是發瘋的孩子，那麼他眼前人來人往的公園，日常包圍他的一切事物……又是否僅僅是另一層的「鴿群」？

肖恩的思維持續運轉，身體卻逐漸放鬆，直到幾乎失去觸覺。他瞇著眼睛，眼前是一片多變的暗色，類似人閉眼後在自己眼皮上看到的扭動而多彩的黑暗。

突然，某種尖銳的物體從這暗色中刺出，直逼近到他眼前。

他鎮靜地看著那尖銳的東西，它像是金屬的長錐，又像是細長鳥喙。它一直在逼近，近得幾乎能立在眼珠上，但他竟然一點也不害怕，因為它根本沒有帶來任何痛苦。

肖恩站在公園廣場上，遠遠地看著一個孩子。那孩子被一群黑色的鳥包圍住，沒有哭泣，沒有掙扎，他正在觀察著他的世界。

不只是那個孩子，還有站在公園廣場上的很多人，每一個人都被白鴿或烏鴉圍住。

日間是白鴿，夜晚是烏鴉。宇宙是由羽毛交織出來的天空。周圍的樹木、山石、藍天、雲朵、太陽、月亮、人造建築、哺乳動物、工業痕跡、遠離鳥群匆匆而行的人們……這一切仍然正常存在，各自運轉。

而對鳥羽下的孩子來說，那些事物只出現在日夜交替的縫隙中。它們不是真實，而是惡夢，是邪惡，是人生中最恐懼的瞬間。

SEEK NO EVIL

CHAPTER TWNTY

萊爾德側躺在地上，閉著眼，不敢睜開。

地面不平整，壓在身下的手臂被卡得又麻又痛，但他不敢睜眼看地上都有些什麼。或者說，他知道有什麼，他曾經看見過。無非是一些人骨、頭顱、皮膚、書本、便箋，記錄著一些也許很重要的資訊。

他並不怕這些書，而是他認為這並不是真正的崗哨，這是他眼前的假象，他害怕看到更真實的崗哨內部。

他蜷縮在這，手腕很痛，而且動不了。他一時想不起來這是為什麼，甚至懷疑自己是不是骨折了，還是中了什麼毒、被打了什麼藥……閉眼琢磨了很久之後，他才明白過來，自己的手被銬住了。

回憶起這件事之後，手腕上的金屬觸感就更明顯了。之前他根本沒感覺到手銬，甚至不確定自己是什麼姿勢，只能感覺到一些麻和痛。

正常情況下，人即使閉著眼也能知道自己的姿勢。比如失眠的時候躺在床上翻來覆去，雖然房間一片漆黑，眼睛也閉得很緊，但手怎麼擺、腳怎麼放，自己全都清清楚楚。

只有在夢醒的片刻，人會有那麼一瞬間失去這種自知。眼前的畫面還在夢裡，卻聽到了鬧鐘的聲音，在這極為短暫的一點點時間內，人落入夢與真實的罅隙，一時分不清自己到底在哪，不知道自己是站著面對怪獸，還是仰躺在床上，更不知道自己的手是擺在枕邊還是壓在肚子上。

這種瞬間既模糊又清晰。模糊的是對自我狀況的感知，清晰的是眼前尚未散去的夢境。

伴隨著鬧鐘聲，夢裡的怪獸或鬼魂仍在窮追不捨，心臟仍在因此而狂跳。萊爾德之前一直處於這種「夢醒瞬間」的狀態，現在才稍稍恢復了一點點。

他想起，自己在意識模糊之前也讀過一些書，知道了一些東西，但到底讀了哪些，知道了什麼東西，現在他又全部不記得了。巨大的震撼仍在心靈上留有餘波，而產生震撼的內容卻被完全忘記了。

太奇怪了。他竟然無法調取自己獲得的記憶。心靈深處好像有一隻無形的手，會在不知不覺間把他新獲取的記憶攪得一團亂，每次當他隱約覺得自己接近了重要的東西，這個現象就必定會發生。

就像連續劇裡的倒楣警探主角。每次發現了重要的線索，就會有人暗中搞破壞，把線索銷毀、將線人抹殺。而在萊爾德身上，他既是倒楣主角，也是線索和線人。他既被欺騙，又被一次次撕碎。

他下意識地又想伸手觸碰胸口，可是手被銬著，他做不到這個動作。他縮起腿，用膝蓋和肩膀支撐著自己，先換成臉朝下的跪姿，再直起上身。

姿勢的變化造成一陣眩暈。他無聲無息地跪坐了好一段時間，才試著慢慢睜眼。

前後左右是高聳的書架，視野範圍內看不見書架的盡頭。書架全都高不見頂，像神話中高聳入雲的大樹一樣伸向漆黑的高處。地板倒是普通的石板，上面還胡亂堆著一些不成冊的零散紙張。

萊爾德恰好蜷縮在書架形成的交叉路口中心，猶如正在朝著無數書本跪拜。

人骨上的符文從腦海裡一閃而過，但眼前哪有什麼人骨。萊爾德看看周圍，找到了自己的手提箱。手銬讓他行動不便，無法用普通的方法背起手提箱，他掙扎了好久，才把身體鑽進小箱子的背帶裡，讓它以有些滑稽的方式掛在身上。

他低聲咒罵一句，開始慢慢沿著書架尋找手銬的主人。他依稀記得，當時他又陷入了巨大的痛苦，然後列維就把他銬住了……列維這個人到底有什麼毛病，就這麼執著於要動用手銬嗎？這一路上他兩次想用都沒成功，這次倒是成功地用在一個病人身上。

因為不知道這地方是否安全，萊爾德不敢出聲喊人，只是放輕自己的腳步，同時仔細聽著周圍的動靜。

他分不清方向，只能按照直覺選擇路線。他沿著一排一排的書架搜索，走了起碼有十幾分鐘，不但沒找到列維，連類似牆壁的東西都沒看到。這個圖書館簡直大得離譜。

又不知走了多久，萊爾德隱約聽到了一聲抽泣。

他還以為自己聽錯了。他停下腳步，屏住呼吸又聽了片刻，沒錯，很遠的地方確實有人在哭。聲音斷斷續續，是那種很隱忍的哭腔，萊爾德可以想像那人在拚命壓抑情緒，又實在難以控制。

這地方既複雜又空曠，很難分辨具體方向，萊爾德只能一點點尋找。他走在兩排書架之間，快走到盡頭的轉角時，突然，他聽到隔著一排書架的走道傳來腳步聲。

他加快腳步，隔壁的腳步聲也變急促了。當他拐過轉角後，那個腳步聲也轉彎了一次，跑進了更前一排的書架後。

萊爾德沒有直接追，而是從書架另一側堵過去。對方沒有走這條走道，而是多拐了幾次，腳步聲越來越快，也越來越遠。

「是誰？」萊爾德乾脆出聲問。

他聲音不大，只是正常說話的聲音，但這地方極為安靜，對方能夠聽見。

腳步聲停住了，然後開始折返。萊爾德聽到「噠噠噠」的腳步聲越來越近，很快就回到了隔壁書架後面。對方的步伐慢了下來，改為一點點地，小心翼翼地接近。

腳步聲更近了，那人就在木質書架的轉角後面。

「是誰？」萊爾德又問，「是列維嗎？」

對方從書架邊探出頭來，萊爾德看到一張熟悉的面孔。但並不是列維。

傑瑞．凱茨先探出臉，再露出半個身體，最後整個人跳了出來，「你、你……是萊爾德？」

「傑瑞？」萊爾德開始煩惱該如何向異母弟弟解釋手銬。

「萊爾德？」傑瑞站在原地，「真的是你？」他的語氣中充滿疑惑，其中的情緒好像不僅是失散後重逢這麼簡單。

萊爾德說：「當然是我，不然你覺得我是誰。你看我像怪物什麼的嗎？」

「不知道……」傑瑞傻傻地說，「我太久沒有看到你了，我不確定……我不確定你還是你……」

這句話有點奇怪。他們確實分開了一陣子，但要說太久……好像也沒有很久啊？

萊爾德說：「你想怎麼驗證我的身分？問我點問題什麼的？」

「問你什麼？比如只有我們兩個才知道的事情？」

萊爾德說：「我覺得不行。我們沒怎麼一起生活過，根本沒有『只有我們』知道的事情。」

傑瑞「噗」地笑了出來。但萊爾德留意到，他的笑容中仍然有點緊張，並且多少有點苦澀。這有些不像從前的傑瑞。

「我並不是怕你是怪物，」傑瑞說，「我……怕你是假的……是幻覺……」

萊爾德皺了皺眉，轉了個身給他看，「看到這手銬了嗎？如果我是幻覺，那麼這幻覺代表你對你的異母哥哥懷有極大的惡意。天哪，小時候父親把我送到精神病院，長大後我弟弟潛意識裡想把我送進監獄，我的人生就這麼灰暗嗎？你想以什麼罪名逮捕我？」

傑瑞愣了一下，隨口接道：「呃，我還真的擔心過，擔心你會不會因為假借靈媒身分搞詐騙而被抓起來……」

「我是假靈媒，但沒有搞詐騙！」

「那……是誰把你銬上的……」傑瑞問。

「你猜？還能有誰？」

「聯邦特務？」

「誰是聯邦特務？」

「列維．卡拉澤啊……」傑瑞傻傻地說，「他肯定是聯邦特務吧……這麼說他也在這裡？他對你做了什麼……」

傑瑞說著說著，聲音越來越小，眼神開始飄移。還沒等萊爾德再說什麼，他突然跑過來，一頭撞到萊爾德懷裡。

萊爾德嚇了一跳，因為手被銬在身後，他被撞得踉蹌了一下，好歹穩住身體靠在書架上才沒摔倒。

「萊爾德……真的是你啊！」傑瑞帶著哭腔，緊緊抱住他，「我還以為你們都死了！都變成怪物了！都變成那種肉，那種什麼東西，我們再也出不去了，你和列維早就死了，爸爸媽媽也找不到我們，肖恩早就把我忘掉了我也沒辦法去看他的比賽了……」

傑瑞先是發洩般地大喊，然後抱著萊爾德「嗚嗚」地哭了起來。萊爾德既無法拍拍他、安慰他，也無法伸手推開他。

萊爾德忽然想到，在聽見腳步聲之前他還聽見了哭聲。那個哭聲並不是傑瑞發出來的。

「你冷靜點，先冷靜點……」萊爾德往旁邊挪了挪，傑瑞揉揉眼睛，好歹終於放開了他。

萊爾德問：「除了你還有誰在附近？」

「瑟西和我在一起，」傑瑞揉了揉眼睛，「我帶你去見她？」

「你和她分頭行動嗎？」

「也不算吧。我們在這太久了，現在她……她的狀態不太好，我就負責定期在附近走走，找找路。」

「你們到這裡多久了？」萊爾德問。

傑瑞的回答令他大吃一驚，「我分不出時間長短，只覺得很久很久……瑟西說，至少有三個月以上了。」

萊爾德跟著傑瑞七拐八繞，終於與瑟西會合。

瑟西蜷縮在一處書架構成的夾角裡。夾角和平行的牆壁不同，它不僅在結構上更穩固，還會在心靈上帶給人奇異的安全感。瑟西靠在其中一側書架上，抱著膝蓋，似乎在閉眼小憩。她的臉上還殘留著明顯的淚痕，這下萊爾德知道之前聽到的隱約嗚咽聲出自何處了。

瑟西腳邊是一張發黃發皺的紙，紙上布滿了雜亂的紅色痕跡，萊爾德起初以為是血，但顏色又不像，再仔細看，他在附近發現了一支口紅外殼。看來，是瑟西把口紅當做書寫工具，試圖在紙上記錄路線。

記錄路線的計畫顯然不太成功。有些線條還橫平豎直，有些則是發洩般的胡寫亂畫。看來到最後瑟西已經失去了耐心。

那張紙是某本書的一部分，原本寫滿了符文，萊爾德隨便瞥一眼，還能隱約察覺到符文的意思。當不適宜的畫面飄進大腦時，他連忙移開目光，強迫自己把注意力集中在瑟西和傑瑞身上。

看到萊爾德，瑟西的反應和傑瑞差不多，又驚訝又害怕，最後又激動得拚命揉眼睛。平靜下來之後，她茫然地盯著萊爾德的手銬，萊爾德表示這不是重點。

三個人費了好一段時間才終於能進行有效率的交流。瑟西和傑瑞把他們一路上的遭遇告訴萊爾德。從岩山上的門說起，一直說到他們在錯綜複雜的地下隧道裡徹底迷失。

他們的迷路過程非常古怪，起初是總是走到同一條路上，後來又變成無法回到上次走過的路。他們感覺到自己在不斷深入一個實體，只能前進，無法返回，被廣闊得不可思議的地下區域逐漸吞沒。

那時瑟西就試過記錄地圖。她的小腰包裡有支來自宜家家居的鉛筆頭，她在地上、在自己手臂上畫出路線，但這一點用也沒有。隧道裡的方向規則顛覆了他們的認知，無論她記下的路多麼詳細，他們也無法返回，怎麼走都是前進。

講到這裡時，瑟西對萊爾德說：「我不知你能不能明白這種感覺，太瘋狂了，也許你很難想像吧。」

萊爾德只是虛弱地笑了笑，安慰了她幾句。他想，我確實不明白你們迷路時的具體體驗，但我非常明白其中的瘋狂……至少瑟西和傑瑞還能描述一下自己的經歷，但萊爾德不行，他連自己到底看見了什麼都說不清楚。

在令人絕望的迷失中，瑟西和傑瑞渡過了漫長的體感時間。瑟西說有三個月以上，萊爾德對此存疑，他和列維進入崗哨有多久？然後他昏迷了又有多久？他覺得根本不超過一天時間。

現在他的手上還扣著手銬呢，他不可能在被銬著的情況下昏睡三個月，否則他的手臂應該已經廢掉了。

瑟西和傑瑞繼續講述他們的遭遇。

他們迷路得越久，停下來休息的時間就越多。醒著的時候他們不停地走路，然後很快就會疲憊不堪，積累的勞累越來越多，最後簡直形成了惡性循環。他們躺下睡覺的時間越來越久，走路的時候反而每次只有一兩個小時……反正瑟西說體感是一兩個小時。

起初傑瑞很喜歡儘量找瑟西聊天，活躍氣氛，驅散恐懼。漸漸地，他們之間的對話變得越來越少，甚至發展成幾小時誰都不說一句話，偶爾交流時只是指指方向、搖頭或點頭。不過，他們的行為卻很有默契，從沒有發生過爭吵，沒有因為困境而情緒失控。

現在的傑瑞從那種氣氛中恢復了很多。他說，回想起來，那時他幾乎覺得瑟西就是自己的另一個長輩，他聽她的話，而她也絕對不會拋下他；瑟西偶爾因為想起米莎而哭泣的時候，轉頭看到旁邊的傑瑞，內心也會忽然再次堅定起來，覺得自己還要保護另一個孩子，不能在他面前崩潰。

某次從休息中醒來後，傑瑞發現自己的腦袋枕著一本書。睡著之前他並沒有看到書。之前他側躺著，腦袋枕著自己的手臂，在睡眠中他翻身仰面朝天，腦袋直接躺到了那本書上。

那是一本沒有封皮的線裝破書，紙皺巴巴的，到處都是裂口和蛀洞，像是從哪個墓穴挖出來的文物。傑瑞和瑟西都不認識書上的文字，瑟西說有點像瑪雅文字，但又不太一樣，而且它們不僅形態陌生，痕跡也深淺不一，很多地方都磨損得看不清楚了。

萊爾德很想從附近隨便找一本書，問他們是否能看見、看懂上面的字，之前見過的文字又是否與這些類似……但他忍住了，沒有提出這種危險的建議。

自從這次睡醒後發現書本，瑟西和傑瑞走著走著，遇到了更多的書本、紙張，甚至是泥板雕刻。

說來也怪，他們都看見了這些，還為此交流過幾句話，但誰都沒有對此表示過驚訝。他們就這樣繼續探路，直到身邊的書本越來越多，多到充斥整個視野。

從某一次睡醒後開始，他們不再是穿梭於石壁隧道內，而是行走在高大的書架之間。書架高不見頂，上面一直延伸到視野看不清的黑暗裡。

這裡沒有任何照明設備，但他們仍然能夠看清周圍，能看清的範圍和正常視力下的可視距離差不多。

傑瑞和瑟西的交流又開始變多了。他們試過隨便抽出一本書看看，但仍然看不懂任何文字。瑟西曾經看到某個圖形，覺得似曾相識，但用力一想又想不起來；傑瑞說看過好像是拉丁語單字的東西，他在學校沒怎麼好好學過這些，不能肯定那到底是什麼字。

也許環境變化會影響人心，瑟西又開始試著記錄路線。她的宜家小鉛筆用得只剩下一點點了。之前他們不得不解開傑瑞小手斧上的布條，用斧刃來削鉛筆，這動作太危險了，兩人無論誰來做，另一人都會心驚肉跳，現在鉛筆頭太短了，還沒有一個指節長，用斧頭削鉛筆就變得更加危險……於是，瑟西又從小腰包裡摸出了一支口紅。

在車子旁邊收拾東西時，瑟西本來不想帶著它，一念之差，就還是把它放進了小腰包。

當時她想的是，萬一找到米莎的時候自己太過狼狽，有口紅也許能打亮氣色，免得自己蒼白又難看，讓米莎以為媽媽是鬼怪冒充的。

瑟西隨便從某本書上撕下紙張，用口紅當筆來記錄路線。她還是有一些發現的，自從隧道變成書架，他們行走的方式改變了，不再是只能前進，現在他們可以做到折返，可以回到上一條走過的路，有時候還會在弧形道路上兜圈子。

書架間不同的開口可能會帶他們走到新的區域，也可能讓他們繞回三天前走過的地方。這也不完全是壞事，瑟西會把這種路特意記下來，如果遇到危險需要逃跑什麼的，這就是近路。

比起無法理解的隧道，書架形成的區域更像真正的迷宮，那種能夠畫出地圖的迷宮。這讓瑟西又振奮起來。只可惜她的振奮沒能持續多久，她和傑瑞很快就發現，這裡並不比隧道仁慈，他們仍然找不到任何能離開的跡象。

時間拖得越久，兩人就越絕望。而且，這是一種他們從前從未想像過的絕望。

不渴不餓的狀態看似很方便，此時卻成了絕望的助燃劑。人類的汙穢反而是生存的證明，一個人的數十年人生中充滿各種基礎的欲望，這些早已不是什麼肉體問題，而是成為了靈魂的一部分。當它們全都消失了，並且熟悉的世界也消失了，一切常理都消失了，人自己的意識也會漸漸變得淡薄。

《火山冬季的幽靈》裡，「變異人」們的心路歷程差不多就是這樣。一開始是積極自救，然後逐漸失去信心，活力開始消退，消極感蔓延，接著是精神的瓦解，常理徹底崩潰，最後就完全變成了行屍走肉。

傑瑞總覺得他們就正在經歷這個過程，只是不知道現在到了哪一步。幸好，這時他們突然與萊爾德重逢了。

雖然萊爾德也做不了什麼，但光是遇到同伴就夠讓人精神振奮了。

聽完傑瑞和瑟西斷斷續續的講述，萊爾德不但沒有感到欣慰，還越聽越汗毛豎立。

他並不是在害怕迷宮或者書本，畢竟他早就已經開始害怕它們了。讓他感到尤為恐怖的……是那兩人全程並未提到的某個事物。

「傑瑞，瑟西，」萊爾德盤腿坐著，謹慎地用目光打量著兩人，「我大概瞭解你們的經歷了。但有一些事，我還是不太明白……」

傑瑞嘆息著說：「你儘管問吧，我們肯定也不明白。」

萊爾德問：「肖恩在哪？他沒和你們在一起嗎？你根本沒有提起他。」

傑瑞愣愣地看著他，這個茫然的眼神讓萊爾德更加不安了。

萊爾德花了好一段時間才搞明白，原來傑瑞和瑟西並不是徹底忘記了有肖恩這個人，而是他們認為肖恩並不在這個地方。傑瑞認為肖恩在正常的世界裡，從沒有和他一起進入奇怪的門。

得知肖恩也在這裡，甚至還與他們一起行動，傑瑞非常激動又非常恐懼，他反覆詢問萊爾德，想相信，又不敢相信。

他回憶說，這一路上他經常有種「肖恩也在這裡」的錯覺，他在意識恍惚時做過淺淺的夢，就是那種睜開眼馬上就會消散的、睡醒前緊緊糾纏著你的夢。他夢見肖恩就在他身邊，拿著一支金屬球棒，還揮舞球棒打碎了什麼東西。

然後他會馬上意識到這是錯覺……記憶告訴他，雖然他確實認識肖恩這麼一個人，但肖恩不在這裡，他一直都不在這裡。

至於瑟西，她原本不認識肖恩，此時身邊也沒有任何一個人被稱為肖恩，所以當她「忘掉」肖恩之後，她就以傑瑞口中的「肖恩」為準，只記得這人是傑瑞的同校好友。

「為什麼你們會忘掉他？」萊爾德這不是提問，更像是焦頭爛額中的感慨，「對你們來說，我也不見了，你們怎麼會忘掉了肖恩，卻還記得我？」

甚至傑瑞還記得「聯邦特務」呢……他一直認為列維．卡拉澤是個特務，既然他提起過聯邦特務，代表他也沒有忘記列維。

萊爾德初步推測，肖恩在岩山附近時應該還和傑瑞他們在一起。因為，傑瑞提到「肖恩拿球棒打碎了什麼東西」，而萊爾德沒有見過這一幕。這件事應該是他們分開之後發生的。傑瑞以為它是夢境，其實這是真實的記憶。

而接下來到底發生了什麼，萊爾德就無從推測了。他沒有跟著傑瑞一起行動，不知道實際上他們到底遭遇了什麼。

這種「忘記」的現象讓瑟西有些恐慌，她生怕自己會忘記米莎和尼克。好在她沒有忘，在萊爾德的幫助佐證下，她安心地得知自己的記憶沒有出錯。

某種意義上來說，他們幾個人的記憶都沒出很大的錯，他們並沒有忘記過去的人生。傑瑞和瑟西也並不是忘記了肖恩這個人，而是產生了「他不在這」的認知。

萊爾德忽然想明白了，這不是「忘」，這是新記憶無中生有地「產生」了。

他們並不是被剝奪了什麼，而是被添加了新的意識，就像萊爾德從灰色獵人那裡得到的破碎意識一樣。

事實是，肖恩確實不見了。他現在不在這裡。他到底是怎麼不見的呢？傑瑞和瑟西解釋不了。於是，某種東西在幫他們解釋，梳理了他們的記憶，為他們提供了一個合理、舒適、令人安心、容易被接受的安排：肖恩這個人之所以不在你身邊，是因為他本來就沒有來這裡。

按照這種思路想下去，也能解釋為什麼萊爾德能記得肖恩，因為他早就與肖恩他們分開了。他早就認知到「肖恩、傑瑞、瑟西三個人不見了」，而且他並不抗拒這一個變化，甚至已經對此現象有了自己的諸多猜測。他認為這三人就是迷失到某處去了，這個認知是連貫的，沒什麼不能接受。

同樣，傑瑞、瑟西對他也是這樣。在岩山旁邊，他們都發現萊爾德和列維兩個人消失了。他們早就知道這一點，不需要再解釋和掩飾。

傑瑞來回搓揉著臉，指望自己能更清醒一點。他也坐在地上，盯著地面的某一點，這樣思維會比較集中。

「聽你這麼說，我還真的想起來一些了……確實，我真的有印象，我們好像去過一個很大的房間，裡面很亂，有別人也去過的跡象，好像當時肖恩就在我旁邊。」他抬頭看向瑟西，「妳有印象嗎？」

瑟西只是點了點頭，大概她也有點印象，但又不敢完全肯定。

「我們好像還說到，這都是列維．卡拉澤的錯。」傑瑞笑了笑。

「是嗎，為什麼？」萊爾德問。

「沒有為什麼，其實我也並不是真的這麼想……哦，我想起來了，當時肖恩看起來不太對勁，我就是想逗他開心一下。」

這時瑟西也說：「等等，你說得對，我也想起來了，你們還一起幫我搬開靠在牆上的什麼東西來著……對，當時確實是你們兩個人都在。」

兩人繼續互相提醒，越回憶越多。只要想起關於肖恩的事情，真正的記憶就逐漸復甦了。

就在他們越說越起勁的時候，遠處傳來一陣巨響。

三人都嚇了一跳，並自覺地立刻噤聲。那聲音像是有什麼東西撞向書架，把大量書本「霹靂啪啦」地掃落在地上……

他們判斷不出響聲的具體位置，只能感覺到它確實很遠。無論是無法確定時間的萊爾德，還是在此迷失已久的傑瑞和瑟西，在這一刻之前，誰也沒有聽過類似的聲音。

聲音很快就平息了。傑瑞小聲問：「這是……卡拉澤先生幹的嗎？」

萊爾德搖搖頭，「不知道……」

他只知道列維・卡拉澤在附近，並不知道其確切位置。但他覺得應該不是列維。列維似乎非常喜愛甚至崇敬這些書本，他沒必要發這種瘋……萊爾德說不出為什麼自己會如此判斷，反正他就是有這種認知。

瑟西問：「傑瑞，我們也試過推書架，還記得嗎？當時我們又急又氣，恨不得把書架全都推倒，找出一條大路來。」

「是的……但我們推不動。」傑瑞說著，眼睛又盯著地面，就像想蜷縮起來鑽進去似的。

「我們當時很急躁，把很多書推得滿地都是。」瑟西說。

傑瑞的聲音越來越小，「我們是想找路……」

「也就是說……現在也有人在找路。」

瑟西的話音剛落，遠處又傳來了聲音。

叩擊聲？不，是腳步聲。很沉重的腳步聲，間隔很長，走得很慢，分不出是因為疲憊，還是因為謹慎。

伴隨著腳步聲，還有一種斷斷續續的刺耳聲音。尖銳、堅硬的東西，偶爾掃過同樣堅硬的物質，發出「喀啦喀啦」的聲音，比如拖著鐵鏟走過石地，或用鐵勺摩擦牆面的聲音……

聲音的位置在變化。腳步在直線行走，然後轉了個彎。

萊爾德壓低聲音說：「我們最好不要留在同個位置……」

瑟西和臉色煞白的傑瑞點點頭，飛速收拾起隨身物品。

SEEK NO EVIL

CHAPTER TWENTY ONE

【身後】

三人把腳步放得很輕，沒有跑，緩步離開了之前休息的書架角落。在他們移動的時候，遠處的腳步聲和金屬拖行聲一直時隱時現，位置也一直在變化。

他們能聽到那聲音和自己還有一段距離，所以還不算太慌。令人憂心的是，他們找不到相對安全的藏身處，這裡到處都是書架，也沒什麼特殊地形。

萊爾德的兩把槍都不見了，手還被銬住。他無聲且持續地在心中咒罵列維，然後向後翹起腿，從左腳鞋底裡抽出一把匕首。傑瑞目睹他的動作，露出驚訝且欽佩的表情，還激動地對他比比劃劃，萊爾德無奈地以口型回應「聽不懂」。

他們謹慎地與聲音拉開更大距離，過了一陣子，聲音消失了。三人停留在一個兩邊都有逃跑餘地的位置，瑟西用氣音說：「我到附近看看，你們別動。」

傑瑞拉住她，「還是我去看看吧，妳留下。」

異母弟弟的反應令萊爾德暗暗吃驚。在他的印象中，傑瑞在這種時刻通常會坦然接受別人的保護，不可能主動去偵察四周。

傑瑞低聲對瑟西解釋：「妳有槍，留下陪萊爾德。他戴了手銬，跑都不方便跑。」

瑟西想把槍交給傑瑞用，傑瑞搖搖頭，輕晃著解掉了布條的小手斧，「我不會用槍，還不如妳自己留著。」

萊爾德想，如果不是被銬住手，就應該讓我去周圍觀察，讓他們兩個等著。他繼續默默咒罵列維。比起聲音的源頭，他更想快點找到列維。如果列維還清醒，應該也會聽見剛才的聲音。

在萊爾德和瑟西擔憂的目光中，傑瑞小心地貼著一側書架，繞過一個轉角，朝聲音來源的方向慢慢靠近。

他並沒有傻傻地直線走過去，而是故意偏移一點。如果聲音來自他們的斜後方，他就朝正後方繞，然後從側面找路靠近。如果真的會看到什麼，他也不打算直接與其面對面，而是會先原路返回。

傑瑞和瑟西在這片書架迷宮中探索了很久，碰巧這一帶的路是他們都比較熟悉的。書架迷宮雖然很大，讓人找不到盡頭，但他們探索過的區域並沒有變動，所以即使是傑瑞，也已經記住了小塊區域的路線。

傑瑞腳上穿的是一雙皮鞋，還是當初艾希莉給他的那雙羅伊的鞋子。他把鞋子脫掉，用鞋帶掛在脖子上，這造型簡直像喜劇片一樣，但他也不太在乎了，反正現在沒人會取笑他。

其實傑瑞極為擅長赤腳無聲地走路，這是他從小練出來的。小時候，只要是父母任何一人在家裡，他就經常半夜光著腳走下樓，到廚房偷喝果汁或可樂。再長大一點之後，父母出差的次數變多了，家裡經常是他一個人說了算，他就不太用得到這個技巧了。

傑瑞按照記憶中的路線繞了幾圈，正想著要不要先回去的時候，從大約隔著兩排書架的某個位置，傳來「嘎吱」一聲。

傑瑞能在腦中畫出發出聲音的位置，同時也畫出了從那位置走到他身邊的數種路徑。

聲音在幾排書架的交界處，如果對方要到他這來，就需要通過一個不太起眼的開口，如果對方不知道那個開口的位置，就要直線前進，再鑽進書架橫排之間……總之得繞一段路。從前他和瑟西也這樣走過。

傑瑞判斷現在暫時安全。於是，他沿著預計的路線繼續向前，想去看看到底是什麼生物……不，到底是什麼人，在他們附近徘徊。

他安慰自己，既然聽到了鞋子發出的腳步聲，那就肯定是人。不是高跟鞋的聲音，所以應該不是艾希莉。說不定是卡拉澤，甚至可能是肖恩。就算是個沒見過的怪物，他也有心理準備了，既然「怪物」的腳步還很緩慢，代表它還沒有發現任何人。

那個方向又有動靜了。剛才的「嘎吱」一聲之後，有書本掉落的聲音，這次不是一大片，而是只有一本比較輕的書，然後是細碎的兩下腳步聲，接著是拖動硬物的摩擦聲。摩擦聲沒有一直持續，幾下就消失了，然後又是緩慢的腳步聲……

聽起來，是那個人或者生物在某處歇了歇腳，可能還坐下過，站起來時碰到或扶了書架，弄掉了書。因為他不知道附近還有人，所以也沒有在意書本掉落的聲音。現在他正沿著一排書架慢慢走，那條走道挺長的，按照這個速度，一時半刻他走不到轉角，也繞不到傑瑞所在的方向。

傑瑞一邊慢慢靠近，一邊繼續屏息聆聽著。他已經靠近到那排書架的斜後方，這邊有個熟悉的開口，是由兩排斜著重疊的書架形成，由於各種書籍無比雜亂，書架又都黑漆漆的，開口十分不易察覺。從這裡走進去，會來到與那聲音一牆之隔的地方……或者應該說一「架」之隔。

傑瑞靈巧地鑽了進去，步伐更加謹慎，連呼吸都放輕了很多。他慢慢地跟上了那個腳步，兩人幾乎是並行於書架兩側。

書架都很厚重，而且所有書架的底部都與地面完全嵌合在一起，所以不必擔心書架被撞翻。書架並不是中空的，而是有一層黑色的隔板，也就是說，兩個人站在書架兩側，是無法透過書本的空隙看到對面的。這一點和那種圖書館浪漫電影完全不同。幸好如此。

不過，傑瑞知道這排書架上有個小縫隙，是能夠看到對面的。縫隙就在前面十幾步外。

不久前他和瑟西在這裡休息過，他先發現了這條縫。它並不是木板接縫，畢竟這些書架根本不是木頭做的，誰也說不上來是什麼材質。那條縫有點像兩組書架拼合時留下的，本不相連的書架慢慢互相靠近，像樹木與藤蔓般結合在一起，留下了一些極為細小的縫隙。

很多極長的書架中間都有這樣的小縫隙，或是不明顯的孔洞。它們並不稀奇，只是碰巧這附近有一個而已。

十幾步很快就走到了。傑瑞比那腳步聲更快地來到縫隙附近。他沒有傻到趴在縫上看，而是掏出了瑟西的小鏡子。之前他與瑟西反覆實驗過，在這裡使用鏡子不會映出反光點。畢竟這裡的「光線」根本不是正常的光，人處於黑漆漆的環境中，卻不知為何就是能看見物體。

傑瑞輕輕貼在書架上，在腳步聲靠近前，用鏡子對著縫隙慢慢調整位置，找到了最適合的角度。縫隙很小，再加上要用鏡子看，多半也不會看得很清楚。

拖行金屬的聲音近得就在身後了。那個生物走過來了。

它並沒有留意到縫隙，就這麼直接走了過去。傑瑞從鏡子中看到了它。

那確實是個人類，但看不見長相。他很高大，從縫隙裡最高只能看到下巴，不過即使能看到上面大概也沒用，那人戴著灰色的金屬面具，有點弧度，不怎麼精緻，好像在日常生活中並不少見……傑瑞忽然想起來，那應該是一個電焊用的面具。

那人身上穿著生化服一樣的衣服，上面還髒兮兮的，甚至沾有一些不明的絮狀物……不對，那不是生化服，生化服是亮色的，這是包裹全身的屠夫裝。

傑瑞在幾秒內調動了腦內所有的影視與遊戲知識，想起了無數恐怖片或遊戲裡的類似角色。

窺探「怪物」令他心臟狂跳，回憶起那些虛構角色的感覺又讓他心口發沉。在不該憂傷的緊張時刻，他卻難以自控地想起過去，想起那些什麼都沒發生的日子。

這種感覺太古怪了，既害怕得要死，又很想家，同時還回憶起了一個遊戲BOSS的具體打法，並且還想起了曾為此懊惱的經歷，然後這些經歷又令此時的自己倍感沉重……傑瑞過去從來沒想像過，人的心情原來可以這麼複雜，幾秒內能容納的想法可以這麼多樣。

面具人繼續向前走著，身影從鏡子裡消失了。縫隙太小，所以傑瑞看不到他拿著的金屬物體到底是什麼。

在近距離內聆聽，傑瑞倒是判斷出那人不只有一把武器，拖行在地面上的是一個，偶爾碰觸到書架和書本的又是另一個。

傑瑞收好鏡子，打算先回去一趟，把看到的東西告訴萊爾德和瑟西。他知道近路，會比面具人的速度快得多，更何況面具人並不一定會朝他們所在的方向走。

他迅速回到上一個開口，熟練地穿梭於書架之間。

但是，他離開得太快，並沒有察覺到接下來的事情。面具人的腳步聲繼續向前走了幾秒，就慢慢停下了。然後，腳步聲開始折返。

瑟西和萊爾德靜靜等待著，誰都沒有主動說話。萊爾德不僅警戒著周圍的動靜，也不時在觀察瑟西。他總覺得瑟西和從前不太一樣，從一些反應和眼神都能看出來……她的言行仍然正常，但恐怕內心已在崩潰的邊緣。

「尋找女兒」是讓她保持堅韌的救命稻草，如今，她體感自己已經迷失了兩個月以上，這根稻草的韌度正在被削弱……這麼長的時間裡，她肯定已經預想過無數種不幸的將來了。

等到那根稻草徹底斷裂的時候，她的希望與理性恐怕也會隨之粉碎。

萊爾德想，即使不能讓她立刻找到米莎，只讓她離開這地方也會好得多……哪怕外面是更恐怖的地獄，她也會覺得事情有進展，她正與米莎越來越近。

想要「出去」，就要先確定自己身在何處。萊爾德只知道這是第一崗哨內部，卻不知道它到底是怎樣的結構，到底為什麼廣闊得找不到出口。

這時，腦子中冒出一個念頭：想一想。

想一想，回憶一下，在你的記憶裡、在你閱讀到的知識裡找一找。也許你已經知道答案了。

遇到問題，回憶知識，提煉答案。這是每個人時時刻刻都在做的事情，大多數時候，人們根本不會刻意地感受這個過程。

萊爾德會用信用卡開普通門鎖。在平時的生活裡，他根本不會時刻想著這件事，與它相關的記憶完全蟄伏著，就像徹底不存在一樣。而當他需要的時候，他立刻就能想起該怎麼做。

可對於此時的萊爾德而言，要回憶關於第一崗哨的知識，卻是一項艱難而痛苦的挑戰。

他依稀覺得自己「知道」。他讀到過。他捧著書籍，頭骨、手骨、皮膚、牙齒、羊皮紙、石板、語言、畫、歌、脊柱、手指……他接納過很多東西，如果需要的話，照理來說他應該能想起來。

不行，不能專門去找它們。萊爾德一邊覺得也許自己知道什麼，一邊又拚命阻止自己這樣想。這感覺就像剪開舊傷，拉開皮膚，把早已埋入身體的外來臟器重新挖出來。不僅是痛的問題，還有可能危及生命。

更何況，就算他想去挖掘也不行。他辦不到。他的「意識」與「已知」之間好像有一道無形的牆壁，他曾經在無意中突破過它，但要再故意這麼做卻十分困難。

他深深地嘆氣。瑟西擔憂地看著他，他回以微笑來表示自己沒事。

就在這時，隔壁的書架之間傳來「嘎吱」一聲，聽起來像是有重物靠在書架上，擠壓到了書本。萊爾德和瑟西對視一下，瑟西搖搖頭。她的意思是，這不是傑瑞，傑瑞走路沒有這種習慣。

兩人都緊繃著神經。很快，那方向傳來細小的聲音。聽起來是某人想放輕步伐，鞋底卻不小心和地面產生難聽的摩擦聲。

好在，聲音的移動方向是越來越遠離的，但他們不能保證那個人或生物會不會再繞回來。

瑟西示意萊爾德跟上她，她打算悄悄換個地方，離那聲音遠一點。

離開之前，她在原來的位置附近隨便找了一張紙，把它夾在兩本書之間，露出來的部分折出一個尖角，指向她要去的方向。做完之後，她對萊爾德點點頭。萊爾德立刻明白，這是她給傑瑞留下的暗號，免得等他回來之後找不到他們。

其實瑟西心裡也沒底。她確實和傑瑞約定過這個暗號，但他們還根本沒用到過。設計暗號的本意是防止走散，可在今天之前，他們通常會隔著書架直接大聲喊話。

那時他們的「敵人」只是迷路，而不是某個具體的形體。

但願傑瑞還記得暗號，也但願他不會獨自遇到危險。

瑟西負責帶路，萊爾德跟在後面。萊爾德難過地發現，以瑟西對這一小片區域的熟悉程度來看，她肯定已經留在這很久了。也就是說，她的體感時間也許是正確的……對時間產生錯覺的是萊爾德自己。

但他不可能在三個月裡都戴著手銬睡覺，那麼只可能是……那麼長的時間裡，他的意識，他的自我存在感，是完全模糊混沌的，直到近幾個小時，他才不知為什麼又清醒了過來，並且不知為什麼被銬上了手銬。所以……列維・卡拉澤那個混蛋到底為什麼要給我戴手銬？想到這一點，萊爾德就憤恨得咬牙切齒。還有，列維又到底跑去哪裡了？

前面是這片書架的盡頭了。他們要嘛轉過櫃角，拐進下一排書架之間，要嘛穿過中間較寬的走道，鑽進對面的書架列中。

瑟西在這又折了兩張紙，做了暗號。萊爾德從暗號的意思看出來，她打算到對面的書架間去。

瑟西趴在萊爾德耳邊說：「你在旁邊等等，我先過去。我在對面看起來沒問題了，你再跟過來。看我手勢。」

萊爾德點點頭。其實中間的走道並不是非常寬，隨便走就能走過去。但瑟西的謹慎是對的，畢竟他們看不到隔壁書架之間有什麼。

瑟西叫萊爾德幫她留意對面，她則背對要去的方向，面向萊爾德，後退著走向對面書架。她退進書架間，肩膀明顯稍微放鬆了一些。長期在狹窄的地方摸索，稍微開闊的區域反而讓人成了無殼的蝸牛。

她沒有立刻叫萊爾德過來，而是先觀察對面每一排書架的情況。萊爾德還以為她馬上就要招呼他過去了，這時，她忽然向後一縮，整個人貼在書架上。

在她這樣做之前，她看著的是她的右前方。也就是此時萊爾德左邊那排書架的後面。如果剛才瑟西不去對面，他們就會去此時她看的那條路。

她盯著那邊，偶爾又看向萊爾德，對他輕輕搖頭。她臉色蒼白，緊緊咬著下唇，眼神很嚴肅。看到她的表情，萊爾德大致判斷出兩件事：第一，不管她看見了什麼，那東西應該還沒發現她；第二，那東西也許很可怕，但應該沒有到特別獵奇的程度……瑟西的表情像是看到了猛獸或者電鋸殺人狂——總之，大概是比較可怕，但還可以理解的東西。

萊爾德依稀記得自己見過一些更恐怖的事物，人在它面前絕對無法保持克制。現在他只能想起當時的感受，卻想不起來它具體是些什麼。想不起來也好。

瑟西用口型緩慢地說著：退後，別出來，別出聲。萊爾德點點頭，依言照做。

在這麼做的時候，萊爾德也聽到一些動靜了。隔壁書架之間確實有人。那個人先是走到了書架盡頭，沒有出來，現在正在緩緩往回走。

那人的腳步放得很輕，之前他們聽到的腳步聲則很沉重。萊爾德想，要嘛這是兩個不同的個體，要嘛是之前那個人（或生物）現在刻意輕手輕腳。這種反應代表他在捕獵，就像草原上伏低身體的雌獅一樣。

不久後，聲音越來越遠，遠到聽不見了。對面的瑟西緊貼著書櫃的姿勢放鬆了一點。

她試著探出頭，左右看看，對著萊爾德抬起手。她只是剛剛抬起手，還沒來得及動動手掌做出「過來」的手勢，這時，她突然臉色大變。

萊爾德聽到一陣急促的腳步聲，緊接著，一個高大的身影從隔壁走道一躍而出，像野獸一樣朝著瑟西撲了過去。

事情發生在一瞬間。當萊爾德察覺到發生了什麼的時候，他一時忘了自己的手被銬著，出於本能也衝了過去。緊接著，他眼前一黑，身體跌飛出去，撞在背後的書架轉角上。

摔倒在地之後，他眼前一片黑色雪花，耳朵也嗡嗡作響。耳鳴無法蓋過槍聲，他聽見瑟西開槍了，這麼近的距離，她應該能打中對方。那可是霰彈槍，即使打不死怪物，怪物也會被痛苦擊退。

接著是各種沉重的、尖銳的響聲。硬物打中了書架，尖銳的東西劃過地面……還好還好，這不是打中人體的聲音，瑟西應該沒什麼事。

她怎麼不尖叫？如果她叫一叫還能讓人知道發生了什麼，她這樣悶著不出聲反而更讓人擔心……萊爾德躺在地上掙扎著，耳鳴已經好多了，但視野仍然模糊，而且還天旋地轉的。

這時他才漸漸感覺到疼痛，頭皮上流下來溼熱的東西，一邊的臉頰也火辣辣的痛。他猜自己是被什麼鈍器打飛了，對方動作很快，力氣也很大，而他因為那該死的手銬而難以保持平衡。

在被打中前的那一瞬，也許只有半秒鐘，他看見了襲擊者的樣子。很高，穿著髒兮兮的防護服……防水工作服？手術服？不，是屠宰場的工作服，上下兩件式，看起來很舊，是那種磨損的舊，並沒有什麼血跡。幸好沒有血跡。衣服下面還鼓鼓脹脹的，不知道是這人身體強壯，還是藏著更恐怖的結構。

萊爾德沒看見襲擊者的臉，那人戴著面具……不對，是面罩，全封閉的黑色焊接面罩，不是手持或簡易型的那種，它完全遮住了襲擊者的頭部。

他也沒看見打中自己的是什麼武器，好像很長，能舉起來揮，是金屬的。他的左額流血了，顴骨和半邊臉也很痛，眼睛應該沒有直接受傷……所以那東西應該是比較平的什麼東西，可能是鏟子？如果真是如此，幸好他沒被鏟子邊緣打中腦袋。

萊爾德有豐富的受傷經驗，所以即使在眩暈中也能如此快速地推測凶器。甚至他還忍不住想到，這一下痛得不到位，痛苦的類型不對，不尖銳，還讓人意識模糊，所以他並不能像從前那樣借助疼痛調動敏銳力。不過說真的，現在他要敏銳也沒用。他睜開眼，視野仍然在晃來晃去，瑟西和襲擊者不在他的視線範圍內。

書架擋住了視線，萊爾德聽見又一聲槍響。他在地上蠕動著想站起來。側面傳來腳步聲，一抬頭，有人扶了他的手臂一把，是傑瑞回來了。

傑瑞握著斧頭的手在發抖，眼神也很慌亂。他問萊爾德「還好嗎」，萊爾德說「不好」，他卻回答「那就好」……萊爾德暗暗嘆氣，看來這孩子比腦袋挨打的自己還要神志不清。

萊爾德剛想說些什麼，傑瑞看到了他手裡的匕首，一把將它奪了過去。萊爾德想阻止，卻已經來不及了，傑瑞轉身朝著襲擊者所在的方向跑了過去。

雖然勇敢，但實在冒失。萊爾德只好腳步踉蹌地跟了上去，趴在最靠近的書架邊緣，想著即使幫不上忙，也至少能分散一下襲擊者的注意力。

萊爾德剛靠過去就聽到了傑瑞的驚叫。他心裡一沉，瞇著眼睛盡力穩住仍在晃動的視野，只見傑瑞縮著肩膀，靠著書架，匕首已經插在了襲擊者的右肩上。

你成功讓敵人受傷了，你喊什麼……萊爾德很想以手扶額，可惜手被銬在後面。

但現在不是高興的時候，情勢反而更加嚴峻了——襲擊者拿著瑟西的獵槍，而瑟西趴在他腳邊不遠的地方，一動也不動。她身邊沒有血跡，也不知道是受到了怎樣的傷害。

萊爾德能聽到襲擊者的面罩下湧動著沉重的呼吸聲。這人受傷了，卻沒有叫喊。襲擊者背起槍，直接拔掉了匕首，朝著遠離他們幾人的方向扔得老遠，然後重新拿起他帶來的武器。萊爾德總算看清打中自己的是什麼了，還真的是鐽子。一把很長的金屬農用鐽，上面鏽跡斑斑，襲擊者用左手拿著它，右手則拎著一支頗為眼熟的球棒。

傑瑞雙手握緊小手斧，渾身緊繃地站在襲擊者面前，「你對瑟西做了什麼……你把肖恩怎麼樣了?!」

他儘量讓語氣充滿憤怒，但他的聲音帶著哭腔，握著斧頭的手也在發抖。這副樣子當然毫無威懾力，襲擊者依舊沉默不語，向他一步步走來。

「傑瑞！」萊爾德喊道，「先別管了！跑！快跑！」

萊爾德的手被銬著，幫不上什麼忙，即使再衝上去也是被一鏟子打飛，而傑瑞肯定不是襲擊者的對手。

傑瑞好像根本沒有聽見萊爾德的話，他不僅沒有跑，反而大喊一聲，朝著襲擊者衝了過去。

他用小手斧一陣亂揮，毫無章法，力氣也太小，給對方留下最大的傷口就是劃破了一處衣服。而襲擊者對付他完全是遊刃有餘，鐵鏟掃中他的腳踝，他失去平衡仰面跌倒，與此同時，襲擊者輕而易舉地從他手中奪走了斧頭，同樣扔得遠遠的。

傑瑞躺倒在地上，還來不及爬起來，襲擊者撲上來，一隻手扼住了他的脖子。傑瑞雙手亂抓，腳也踢來踢去，但完全無法撼動對方的力氣。襲擊者蹲跪下來，一邊的膝蓋壓在傑瑞的腹部和胸前，讓他掙扎的力度越來越小。

接著，襲擊者單手摘下背著的獵槍，直對著萊爾德的方向。他警告般地歪過頭，焊接面罩上不透光的目鏡中，映著萊爾德無措的身影。

萊爾德沒有貿然做出任何動作。

他深呼吸幾下，輕聲問：「你怎麼了……你為什麼要這樣做？肖恩？」

襲擊者的身體僵了一下，連被他扼住脖子的傑瑞也一時停下了踢打。

萊爾德接著說：「你早就拿到了槍，卻不主動開槍。你還拿到了斧頭，卻扔到遠處。你確實襲擊了我們，卻儘量用鈍器……主要是那個球棒，上面貼著兩個不同LOGO的貼紙。我不熟悉體育，不知道它們分別代表什麼球隊，但我確實見過它好幾次了。我猜你和傑瑞也不喜歡那些球隊，你們一路上肯定看到貼紙了，卻從沒討論過。」

他邊說邊盯著襲擊者腰部偏後的地方。襲擊者也察覺了他的目光，稍微偏了偏頭。

萊爾德說：「看到球棒時，其實我沒這樣想……那時我和傑瑞想得差不多，我以為你是被人襲擊了，被奪走了這支球棒。但緊接著……」

襲擊者的屠宰場工作服被傑瑞的斧頭劃破了一塊。那支小手斧並不是特別鋒利，而衣服又特別厚實，所以它並沒有造成俐落的裂口，而是把面料刮了起來，在傑瑞繼續亂揮的時候，又造成了更大的開口。開口裡露出了一抹黯淡的深綠色。那是絨布恐龍尾巴的末梢。

恐龍居家服相當寬鬆，腰上還有一條大尾巴。怪不得襲擊者的外衣下面鼓鼓脹脹的，看起來十分不自然。

傑瑞驚恐地望著襲擊者。從焊接面罩下傳出來的，確實是他們熟悉的聲音。

「不用怕，」肖恩說，「瑟西沒事，只是昏過去了。」

萊爾德說：「你先放開傑瑞。」

「不行。」肖恩剛才放鬆了一點，現在繼續加大力道，「哦，我得快點了。我是要讓他昏過去，不是要弄死他。對瑟西也一樣，放心吧。」

他話音剛落，傑瑞真的不再動彈了。壓迫動脈讓他昏了過去。肖恩鬆開手，探了探他的胸口和脈搏，確保他還有正常的呼吸。

萊爾德不安地挪動腳步，肖恩立刻說：「你別過來。槍裡留著剛才瑟西來不及射完的子彈，我只要扣動扳機就可以了。」

「你剛才那個……是和誰學的？」萊爾德問。

「我媽。我沒提過嗎？我媽在醫院工作。」

「醫院才不教這個呢！」

「當然不教。我只是知道應該壓迫哪個位置而已，今天是我第一次真的動手嘗試，竟然還挺成功的。」肖恩回答得十分坦誠，就像在談論普通的高中日常，「其實打量他也可以，但傑瑞本來就傻乎乎的，萬一腦子被打壞，就要更傻了。」

肖恩談論著打量別人，語氣卻帶著一絲不協調的溫柔笑意，這一點讓萊爾德更加不寒而慄。

「缺氧也能變傻，你不知道嗎？」萊爾德說著搖了搖頭，「不說這個……那瑟西呢？你把她怎麼了？」

「被我打暈的。你是想問我為什麼差別對待嗎？其實就是因為我先打了你們，才發現力度不好掌握。」

萊爾德嘆了口氣，「好吧……那現在呢，你想怎麼辦，也打暈我嗎？」

「不。」肖恩從傑瑞身上站起來，改為雙手持槍，「我沒辦法一次帶走三個人，兩個人已經很要命了。」

「你這是什麼怪異的幽默感……」萊爾德感嘆道。

肖恩說：「至於你，如果你輕舉妄動，我是真的會開槍的。別動。」

萊爾德問：「剛才你還說只是要打暈他們，現在又說會對我開槍……怎麼，我們之間是有什麼深仇大恨嗎？」

「那倒沒有，」肖恩說，「我確實可能會對你開槍，但剛才我不是在對你說話。」

「什麼？」萊爾德身上一寒。

焊接面罩揚了揚下巴，「萊爾德，你大概算是人質吧。我是在對你身後的人說話。」

萊爾德眼睛剛一動，肖恩又補充說：「別回頭。」

「你到底在說什麼……」萊爾德真的沒有回頭。

其實他也可以直接回頭看，肖恩阻止不了這一點。

「我不知道你會看到什麼，所以你還是別回頭比較好，」肖恩的聲音很冷靜，「你可能沒事，也可能會和我看到一樣的東西……」

「我身後有什麼？」萊爾德問。

「蹲下。」

還沒得到回答，身後倒是傳來一個熟悉的聲音。

萊爾德一頭霧水，並沒有依言蹲下。

下一秒，身後有人狠狠踢了他一腳，因為雙手被縛，他以完全無法保護自己的姿態狼狽地撲倒在地。

頭頂傳來連續的幾聲槍響，身側也爆發出震耳的轟鳴。一時間煙塵四起，地面微微振動，這過程中，有什麼東西撲到了他身上，為他擋住隨著震動墜落的書本。

聲音和震動都平息之後，萊爾德一邊咳嗽一邊爬了起來。

兩側書架上出現了巨大的裂口，周圍到處都是散落、破裂的書本和雜物，已經完全堆滿了走道。即使如此，書架也沒有完全坍塌，只是在最下方出現了個大洞。

肖恩、傑瑞和瑟西已經不見了。萊爾德跪在地上，列維．卡拉澤正在他身邊。

列維坐著喘了片刻，才想起摸出鑰匙，替萊爾德打開手銬。萊爾德揉著手臂，愣愣地看著列維。

列維踢開腳邊的書本站起來，「真難以置信，他竟然還準備了自製炸藥？他上哪找的原料和配方……肯定是從前的什麼人帶進崗哨裡來的。」

說完，他低頭看著萊爾德，「你沒事吧？」

萊爾德繼續一言不發。列維感嘆道：「看來你有事，肯定有腦震盪……好了，別這麼看著我，你到底清醒不清醒？」

列維拿著本來屬於萊爾德的槍，背著消防斧，衣服比上次見面時髒了一些，但總體沒什麼太大變化，更沒有任何古怪之處。

萊爾德一直盯著列維，直到列維被盯得發毛，乾脆把萊爾德從地上拽了起來。

萊爾德是在回味剛才肖恩說的話。

以及，他清晰地感覺到，小型爆炸發生時他趴倒在地，那個覆在他身上保護他的東西……似乎比一個人類的體積要大得多。

列維把萊爾德從塌落的書堆中拖出來，帶他到離這裡有一段距離的地方，轉過身看著他，神色有些複雜。

萊爾德一直恍恍惚惚的，此刻被列維盯著，倒是渾身一震清醒了過來。

「萊爾德．凱茨……」列維不但打量著他，還似笑非笑的。

萊爾德張了張嘴，不知道該先說點什麼。

他想說：你為什麼把我銬起來，你之前跑到哪去了，你在忙著幹什麼，你看到什麼特別的東西了嗎，你見過人骨和奇怪的符文嗎，你遇過什麼可怕的東西嗎，你知道我們在這裡待了多久嗎，肖恩到底出了什麼事，你看到傑瑞和瑟西了嗎，瑟西說他們迷失三個多月了，肖恩說剛才我背後怎麼了，剛才他說的是你嗎，你為什麼這樣看著我，我們接下來怎麼辦，他們三個去了哪裡，肖恩要做什麼，我們兩個在這裡到底在做些什麼，第一崗哨到底還有什麼作用，你看到肖恩那身衣服了嗎，我們得想辦法出去，我們該怎麼離開這個像圖書館一樣的地方，我之前昏迷了你知道嗎，我好像忘了很多東西，你為什麼把我的槍都拿走了，你到底還找不找伊蓮娜了……

想說、想問的話太多了，萊爾德反而一個字也說不出來。

一堆疑問和感慨堵在心頭和喉頭，胃裡就像有顆鉛球，沉甸甸的，想吐又吐不出來。他從未想像過，像自己這樣極為擅長貧嘴嘮叨的人，竟然也有張口結舌的時候。

「萊爾德．凱茨……」列維又重複念了一遍他的名字，稍微走近了些，檢查了一下萊爾德出血的額頭和留下瘀痕的眉尾與顴骨，「真危險，差點就打到眼睛了。」

列維的手指碰到皮膚破損的地方，萊爾德縮了一下，列維竟然一直維持著那種不協調的笑容，看得萊爾德一陣雞皮疙瘩。

「你這是關心我嗎？但為什麼你的表情看起來挺開心的？」萊爾德終於說出話來了。說出來的瞬間，他在心裡默默檢討：我竟然先挑了最沒意義的事來問。

列維笑出聲了，並且繼續上下打量萊爾德，萊爾德臉上寫滿了茫然和驚嚇。

列維靠近過來，手指撚起萊爾德頭上一縷被血黏住的髮梢，用指腹把血痕抹掉，露出下面熟悉的淺金色。

「你……有三十歲了嗎？」列維問。

萊爾德臉上的茫然和驚嚇不僅尚未褪去，還越來越濃重，「還沒有……列維，你發什麼病了？」

列維點點頭。「哦，對、對……算起來差不多。對，你二十六了吧？還是二十五？哈哈，你現在看起來真慘啊，太狼狽了，比正常人憔悴得多。」

說著，他又伸手去摸萊爾德的腦袋，萊爾德背上全是雞皮疙瘩，下意識地躲了躲。

列維笑道：「躲什麼，我又不打你。」

萊爾德一愣。

一個熟悉的畫面突然浮現在腦海裡，生動得就像昨天才剛經歷過。

那是他大約十一歲的時候，他剛搬到醫院後面的舊大樓裡，第一次和院外專家與實習生見面。專家很快為他安排了第一次特殊診療。診療過程他記不太清楚了，反正挺順利的，結束後，他在自己的病房裡醒來，實習生來負責詢問他一些事情，記錄他診療後的反應什麼的。

那時他和實習生還不是特別熟。他的精神有點萎靡，實習生伸手過來，想摸他的額頭，他瑟縮了一下。實習生笑著說：你躲什麼，我又不會打你。

這句話他並沒有刻意去記。後來有一天，他和實習生已經能關起門來談天說地了，實習生在開玩笑的時候拍了他的腦袋一下，萊爾德突然假裝生氣地說：這次我沒躲，你卻真的打我了！

這次對話猶如萬惡之源。後來，實習生沒事就喜歡拍他腦袋，用那種老祖父對五歲小孩的態度，偏偏有時候還沒輕沒重。

萊爾德很希望能打回去，但刻意打回去就顯得很小家子氣……電視劇裡，兩個有生死交情的硬漢沒事就互相打對方胸口一拳，然後相視一笑，要自信十足的那種笑容，還要露出牙齒。所以小萊爾德也這樣對實習生，實習生拍他腦袋，他就用拳頭推一下實習生的肩膀。其實他並不滿意，他很記仇地等著自己長高，那時他就可以自然而然地拍實習生的腦袋。可惜他一直沒有機會。

十六七歲的少年比十一二歲的男孩要高大很多，兩者體格完全不能相比，而二十多歲和三十歲左右的人，差別就沒有那麼大了。

可是萊爾德已經並不想打誰的頭了。光是回憶起那份心思，他都會被自己的幼稚逗笑。

「後來……」萊爾德開口說，聲音有點啞，「你根本沒有回來探病。」

列維說：「嗯，因為我不記得你了。」

「回答得這麼坦誠？」

「不然應該怎麼回答？」

萊爾德的腦子發飄。他心裡隱隱覺得，這些對話全都不正常……但他還是順著思路說了下去，「我還以為你會說，客觀條件不允許啦，或者有人控制著你啦，或者至少先說『抱歉』然後再說不記得了……」

「我又不是故意要忘的，幹嘛要道歉？」

這麼理直氣壯，確實是列維．卡拉澤的人格。在萊爾德心中，那兩個影子早就有點重合，但他沒想到，在現實中，它們也這麼快就重合在一起了。

列維問：「這麼說，難道你一直記得我？不可能吧？」

「不，我不記得你。」

「是近期才想起來的？」

「是的……」

「我也差不多，」列維點點頭，伸手去攬萊爾德的肩膀，「你先過來，我去拿背包……」

萊爾德被他攬住之後就立刻閃開了。列維這才想起，萊爾德認真聲明過他厭惡肢體接觸。畢竟，幾年前在調查中相識後，他們從來就不會肉麻兮兮地勾肩搭背。

列維嘆口氣：「你小時候也沒這麼嚴重啊。」

「我小時候很害怕你們，所以只能忍著！」

「連我也怕？」

萊爾德還真的認真想了想。他說不上來怕不怕。

列維提問的時候，他同時想到了兩個截然不同的事物，一個是送給他各種小東西的實習生，一個是徘徊在惡夢邊際的恐怖之物。

看他不說話，列維只好先走在前面，「反正你先跟我來。我之前在整理東西，然後聽到這邊有聲音，誰知道竟然看到這麼難以理解的情況……」

「你都看見了？太好了，省得我費口舌，我不明白肖恩想做什麼。」

「我有些猜測，但不一定對。我們再想想……」

萊爾德一路跟著列維，彎彎繞繞經過好幾片密集的書架，來到一塊相對空曠的區域。這裡有點像缺少桌椅的圖書館閱讀區。萊爾德對周圍環境產生了一種既視感，好像自己來過似的。

列維的背包和其他隨身物品都堆在這裡。走過來的時候，萊爾德發現他對書架間的路線也很熟悉，就像傑瑞和瑟西那樣。

「你留在這多久了？」萊爾德問。他做好了心理準備，迎接只有自己一個人昏迷了三個多月的事實。

列維坐在地上檢查背包裡的東西，漫不經心地說：「我沒注意過，應該也沒多久吧？就是你昏倒的那段時間而已。」

萊爾德看到，他的背包旁邊扔著一條空掉的藥片包裝。包裝原本有六個藥片位置，現在全部被挖空了。

「那是什麼？」萊爾德問。

列維順著他的視線看了一眼，「哦，神智層面感知拮抗作用劑。」

「什麼……」

列維聳聳肩，「別讓我背說明書，我不懂這個，只知道怎麼使用而已。」

「你給我吃過的藥，是不是這個？」

「是的，」列維又笑起來，好像這事多有趣似的，「我說它是止痛藥，你還真的信了，和小時候一樣蠢。」

「我根本沒有相信！」萊爾德有點莫名地生氣，但好像並不是因為被亂餵藥……雖然他也確實對此有些擔心。

列維抬頭看著他，暫時沒說話。這種探究的目光讓萊爾德渾身不自在，他會覺得列維並不是在看他，而是在審視另一個人。

萊爾德深呼吸，極力壓抑心中的焦慮，說：「我不需要你解釋藥的成分，你告訴我它是幹什麼用的就好。」

列維說：「保護我們用的。」

「怎麼保護？」

「讓我們順從。」

「順從？」萊爾德問，「順從誰？」

列維背著包站起來，揚了揚雙手，「順從你察覺到的一切。」

萊爾德下意識地跟著抬起頭，看向列維所示意的整個環境。不知名的空間，迷宮般的書架，所有書架都延伸入黑暗之中……這一切確實十分怪異，也會讓人心生恐懼，但只要你能冷靜下來，也並不是完全無法接受……

接著，他忽然意識到，這種「也不是無法接受」的感知，應該已經是「順從」之後的結果了。

現在很多建築工地都會用比較好看的施工圍欄。有些是模仿建築物外觀，有些是商業廣告，甚至有些頗具美感，變成了城市裡巨大的藝術插畫。如果這些書架、書本、紙張、迷宮……都僅僅是一種「圍欄」呢？

它們身後藏著什麼？如果揭開它們的遮擋，人會察覺到的真正環境到底是什麼嗎？

萊爾德呻吟一聲，按住額頭。

尖銳的刺痛又出現了，它和傷處的疼痛混在一起，分不清到底是哪邊在痛。起源於胸口的疼痛也開始隱隱湧現，幸好還不算特別嚴重，他還能保持清醒。

列維走過來，扶著萊爾德的手臂，「先別多想，我們該走了。」

「走？」萊爾德步伐虛弱，幾乎是被半拖半拽地往前走，現在他也顧不得排斥肢體接觸了，「怎麼走？去哪……」

列維說：「你忘了嗎？我還要找伊蓮娜呢。當然了，找到第一崗哨也是我必須完成的使命，但我不能永遠留在這，我得適可而止，然後出去，離開，把自己獲取到的東西帶給更多人……我做到了，哈，真是感慨，當初誰能想得到呢……我竟然真的做到了……」

列維語調輕快，語氣中滿含興奮，而且，這是一種十分真誠的興奮，就像是在陽光明媚的午後咖啡座裡，某個青年笑容滿面地談論他的升職加薪，以及對職場和家庭的未來規畫……

「從專業角度來說，我不適合成為導師，」列維保持著微笑，眼睛直視著前方，「萊爾德，我不是嘴硬，其實我本來就沒有一心想做導師。拓荒者之間是平等的，是祭品還是祭司都無所謂。你知道嗎？當年和你在一起的時候，我還以為我會有機會接近奧祕……我以為你就是那把鑰匙。」

在他說話停頓的時候，萊爾德本來想問點什麼，此時卻插不上嘴了。他說不出話來。頭痛出現後，萊爾德的意識再次開始動搖，光是應對破碎晃動的視野，就耗盡了他大部分的力氣。

「後來學會認為你的研究價值不大，」列維繼續說著，「那時我也這麼想，而且我認為這樣也挺好。你和我們不是同個世界的人。不過，我錯了，原來你還真的就是那把鑰匙！」

他把身形越來越往下垮的萊爾德稍微扶起來，一手撐著萊爾德的腋下，另一手攬著他的肩。

被某種實體貼近的感受讓萊爾德起了雞皮疙瘩。幾分鐘前他還強調不要肢體接觸，幾分鐘後列維就忘了，可是萊爾德無法出言抗議，只能默默忍著，並且試圖在心裡清點列維的一串罪名：不尊重人、吃漢堡先吃肉、威脅隊友、倒車不熟練、迷路……還有什麼來著？他記得還有很多，很長的一串，但現在他想不起具體的單字。

頭痛稍稍退卻，那種熟悉的、源於胸口的劇痛開始侵襲上來了。這次它發展得並不快，所以萊爾德雖然精神恍惚，但姑且還能走路。

列維．卡拉澤表情舒展，步伐輕快，開心得甚至哼起了歌。可惜列維一向不愛聽歌也不愛看電視節目，他基本上不會什麼歌。萊爾德分辨出一句《加州旅館》的副歌，也只有這一句，列維只會來回地哼這一句……很快，列維自己也意識到這個問題，他自嘲地笑了笑，不再哼歌，腳下步伐倒是變得更快了。

在萊爾德的印象中，列維．卡拉澤好像從沒這麼開心過。除了需要冒充製作人助理或房地產仲介的時候，他一直是要嘛滿臉寫著索然無味，要嘛微皺著眉面帶嘲諷。實習生的笑容則多一點。而且是那種真誠的微笑，少年的微笑。

就像小萊爾德憧憬出院後的生活一樣，當年的實習生也一直在憧憬著什麼。小萊爾德能夠理解那種表情，他也在其他十幾歲的大孩子臉上見過那種表情，堅強、悠閒、自信，洋溢著希望，迫不及待地想獲得些什麼……

實習生具體是想得到什麼呢?當年德萊爾德並不知道。他只會以為是和別人差不多的東西，比如順利畢業、大城市的工作機會、心儀已久的車、女生的青睞之類的……

現在看來，大概並非如此。

萊爾德本來就走得很艱難，現在他故意更加拖慢腳步，讓列維不得不停下來，疑惑地看著他。

萊爾德一手抓著胸口的衣服，好不容易喘順了氣，問:「你一點也不在意嗎?」

「在意什麼?」列維問。

「你是怎麼忘記的?」

「嗯?你在問什麼事?具體是指忘記什麼?」從列維的反應來看，他大概是真的不在意這件事。

「你不是把我……把蓋拉湖精神病院都忘掉了嗎?」萊爾德抬起頭，對上列維洋溢著愉快的雙眼，「你是怎麼忘掉的?因為什麼事?」

列維笑道:「你還真記仇，我都說了我不是故意的。」雖然這麼說，但他還是認真想了想，「我不記得我是怎麼忘掉的。反正就是忘了。這不重要。」

「連這都不重要?」萊爾德無力地看著他。

列維誤解了他的意思，「不，你很重要。至少對當年的我來說，你很重要。」

萊爾德在心裡默默替他補完下半句話：也就是說，現在的我並不重要……好吧，可以理解。

但他根本不是在聊這種事，他是想說，你把自己人生中的一部分完全忘掉了，而你認為這件事不重要？你不好奇原因，也不想追究是什麼造成的嗎？

現在萊爾德的反應慢半拍，他還來不及解釋，列維便更加用力地把他架在身邊，繼續拖拽著他向前走。

萊爾德很難跟上列維。奇怪，列維沒有跑起來，就只是走路而已，為什麼他可以走得這麼快……萊爾德一直盯著腳下的地面，他能夠看到自己踉蹌的步伐，和列維堅定的腳步。列維的步伐邁得不大，速度也不快，就是正常的走路速率，但萊爾德跟得越來越吃力。

地板明明是平的，走起來卻能感到奇異的坡度，每一步都辛苦異常，有一種在沼澤中拔足的阻礙感。萊爾德腳步踉蹌的時候，列維就更用力地抓住他的手臂，幾乎把他提在身邊，讓他想跌倒都辦不到。

每走一步，萊爾德都能感覺到自己的力氣在流失。他隱約明白，這並不是正常的生理反應，他的傷勢和疲勞程度都沒這麼嚴重。趁還有力氣說話，他想靠說話來提起點精神，不要又昏迷過去。

「那……你是怎麼想起來的？」萊爾德又問，「你怎麼又突然想起早就忘掉的事情了……」

列維說：「確實很突然，好像也沒什麼原因，我就是自然而然地想起來了。哦，不，不對，還是有原因的，我不僅要接受，還要作為拓荒者留下自己的記述。在這過程中，有了他們的引導，我就想起來了很多事……」

「他們？」萊爾德抬頭看列維。

列維放鬆地掃視著四周，用目光示意答案。他的表情幾乎有些陶醉，就像在欣賞群山間的自然風光。

SEEK NO EVIL

CHAPTER TWENTY TWO

【為了不變成海】

二〇〇二年十二月四日的車禍之後，實習生很快就甦醒過來了。因為撞擊角度問題，駕駛車輛的導師當場死亡，坐在副駕駛座的實習生只有胸口挫傷和單手骨折。

實習生爬出車子，去確認了對面貨車司機的狀況。其實貨車司機的傷勢才是真的奇怪，導師雖然死狀淒慘，但致命原因顯然就是肉眼可見的碰撞和擠壓，而貨車司機的駕駛座並沒有什麼損壞，頭部也並未遭受衝擊，他卻趴在方向盤上，陷入了深度昏迷。

實習生沒有馬上報警。報警這件事，最好是由貨車司機來做。

實習生從隨身的背包裡翻出一小包嗅鹽，朝貨車司機的臉上撒了幾粒。這並不是普通的古方嗅鹽，而是學會內部的特殊製品，加上現場輔以符文技藝之後，可以關閉或開啟人的意識，操縱非生理性的昏迷。

實習生並不是要喚醒司機，而是讓他進入了更深的昏睡。他檢查司機的眼睛，嗅鹽生效了。

接著，實習生回到變形不嚴重的副駕駛座，找到置物箱裡的小型無線電，發出緊急代碼。接收此代碼的是特定的信使，信使會立刻把情況傳達給學會高層。

學會的人很快就趕到了。他們是就近趕來的應急人員，並不認識實習生和導師，也不知道究竟發生了什麼事情。他們遵從上面的指示，帶走導師的隨身資料、無線電等特殊物品，保護原現場，臨走前對貨車司機進行延時喚醒。

貨車司機按時醒過來了，並且立即報了警。因為下雪，警車和救援車輛來得比平時慢很多，與此同時，實習生已經被帶到了附近小鎮的庇護點。

在警方的相關記錄中，車禍現場只有兩個人，也就是死者和貨車司機。貨車司機聲稱見到小客車副駕駛座上有人，還說一瞬間看到車內有比人類大很多的不明物體，但這些都缺乏證據，人們更傾向相信是貨車司機出現創傷後遺症的結果。

實習生接受治療之後，兩位導師專門來與他談話。他們坦誠地直接告訴實習生，他們要對他進行意識探知。實習生爽快地同意了。實際上，他也很想知道這場車禍為什麼會發生。

他的記憶停留在自己望著窗外風景的時刻。他還記得陰暗的清晨，細小的雪花，那時他在想該如何說服導師，還想到了萊爾德……

日記本。頂著金屬小飛碟的圓珠筆。擲骰遊戲。探病。很長的假期。沒有研究意義。這根本是無意義的折磨。iPod。《加州旅館》。「從那以後，我就再也沒有過像他那樣的朋友了。」

我得保護他。

然後，實習生就什麼都不記得了。直到他被劇烈的衝擊驚醒，同時伴隨著骨折帶來的劇痛。

在收拾現場的時候他就在想，之前我怎麼了？是睡著了嗎？他昨天和導師聊得太晚，後來也沒睡好，確實有又睡著了的可能。這樣一想，導師也許同樣十分疲勞，說不定這就是車禍的原因。

車禍之後，實習生強撐著精神做完了所有該做的掩蔽。他深知自己的身分與職責，哪怕車禍的原因再簡單，學會的機密也不能因此被流傳出去。

學會針對實習生的探知，主要有兩個目的。其一是查明他是否有殺害同僚的可能，其二是試圖還原車禍發生的過程。

針對第一點：

死者原本要參加一場會議，會議內容其實和實習生有關，但實習生並不知道這一點。會議的議題之一，就是討論和評估實習生到目前為止的表現。在此之前，多數評估者都已經大致達成了共識，認為實習生不具備成為導師的資質。針對這個結論，死者還列出過數條論據，每一條都能證明伊蓮娜・卡拉澤的兒子不適合成為書頁。他甚至直接寫道：「他被准許提前結束封閉訓練，恐怕只是因為他是伊蓮娜・卡拉澤的兒子。無數經驗與理論都告訴我們，不必過度迷信血統的力量。特別是對於我們這樣的人，既然身處於致力探尋真理的聯盟之中，最好還是拋棄那些病態的傳統思維。」

死者的隨身文件資料並沒有被損壞，文件全都安全地由信使交到了其他導師手中。經鑒定，只有皮製提包上有實習生的指紋，實習生甚至沒有打開過裡面的文件。這一點能夠說明，實習生並沒有偷看不該看的東西，也沒有藏匿結論文件。這樣一來，他應該沒有謀害導師的動機。

針對第二點：

學會派出專人，對實習生進行了總共七次的意識探知，其中包括四次催眠治療。他們沒得到任何線索。實習生確實沒有車禍時的記憶。在車禍發生之前，實習生的腦部活動十分活躍，資料顯示他當時很清醒，有自控能力，並且在不斷對外界做出反應，但一組矛盾的資料又顯示他應該是處於夢境之中……

這種矛盾雖然怪異，但也不算特別罕見，根據學會既有的經驗，嬰兒、腦部疾病患者、部分精神疾病患者也會在探知中表現出這樣的混亂。除此之外，還有一種人的身上會出現類似情況，那就是過度服用某些違禁藥品的人。實習生顯然不是嬰兒，也沒有腦部疾病，經過鑒定也沒有精神問題，那麼考慮到他的年齡，他確實也有使用藥物的嫌疑。探知是在車禍過去很久之後才進行的，這時已經無法檢查實習生服藥與否了。他自己說沒有，催眠治療結果顯示也應該沒有，可除此之外又找不到更合理的解釋。

這件事處理得差不多之後，實習生身上的石膏也該拆了。他被帶到另一座城市，通過信使，與一些更高層的導師進行懇談。

導師們沒有對他進行任何欺騙或誘導。他們直白且準確地進行表達，把疑慮說得很清楚，把事件的不確定性都告訴實習生。最後，他們讓他自己選擇：結束助理工作，重回封閉訓練階段；或是放棄成為導師的可能性，在保留培訓結果的前提下，成為學會的信使或獵犬。

實習生選擇成為獵犬。

信使距離世俗萬物更近，他們能夠像普通人一樣生活，而實習生覺得自己辦不到，他不喜歡那樣。他也不想回到封閉訓練中，他有想找的東西，有長期渴望的東西，他只想前進，不想往後退哪怕半步。

而且，他想保護某個人。某個與他並沒有多麼親密的人，某個他根本不瞭解的人。

那個小孩已經被認為沒有研究價值了，專職負責那孩子的導師也死於意外，下一步，被稱為實習生的導師助理也不會再記得他了。

於是，作為一個研究樣本，那孩子會被輕視、被無視，最後會「消失」掉。他會得到自由。他會得到他無數次嚮往過的那種生活，出院，轉學，和外婆住在一起，認識新朋友，在新學校裡吹牛，和人炫耀電子產品什麼的……實習生從不覺得這些事會有什麼趣味。但是，反正那個孩子喜歡嘛。

學會准許了他的選擇。

大約一週後，列維．卡拉澤在特定醫療機構中醒來，他保有從前的所有記憶與技能，只是不太記得關於車禍的事情。

他記得自己的姓名與身分。他是學會的獵犬，不久前他與一名教官外出，兩人遭遇了車禍。他昏睡了很久，而教官沒什麼大礙。教官來看了看他，就回到封閉基地去了。

對於當年的列維來說，忘掉一些東西是很有必要的。這樣他才能毫無負擔地前進。對現在的列維來說，即使再想起來，也無所謂了。

他與第一崗哨交換著彼此的故事，他留下自己的見解與經歷，就像其他拓荒者一樣；而崗哨向他敘述經驗與證據，就像對待其他拓荒者一樣。

在「閱讀」與「溝通」的過程中，他吃掉了四片藥。雖然學會的指導意見是不能在短時間內大量服用，但列維根本不知道他花了多少時間，也顧不得思考那些根據虛構推演結果提出的用藥警示。

他根據自己的感受來服藥，看來效果還不錯。接下來，他該專注於履行獵犬職責的後半段了。

列維晃了晃身邊的人，「萊爾德，你還醒著嗎？」

萊爾德虛弱地說：「你不要這樣推我，再這樣我就沒辦法醒著了，我的腦子會散掉，會昏迷。」

他已經放棄與列維進行有效率的溝通了。列維偶爾會答非所問，還有時候笑而不語，而萊爾德本人也頭昏腦脹，反應遲鈍。

「接下來，我們得出去了。離開第一崗哨，去找伊蓮娜。」列維說。

萊爾德在心裡說：當然了……我們還得找到瑟西、肖恩和傑瑞，還有米莎，為此我們當然要找到伊蓮娜……

而列維接下來的話，卻讓意識昏沉的萊爾德驚訝得清醒了一些。他說：「她能把我們帶回淺層去。」

「淺層？什麼淺層？」

列維說：「對，我必須回到淺層去。我是獵犬，我的使命不是深入鑽研，而是把嗅探到的東西帶回去，交給需要這些線索的人。我得帶著他們……它們回去。」

列維的回答和萊爾德心中所想的有所差異，但也差不多算是同一回事。萊爾德品味著列維話裡的意思：找到伊蓮娜，她能把我們帶回原來的世界。

用列維自己的話說，他在這裡「閱讀」了很多東西，「接受」了很多奧祕，那麼這個線索很可能是真的……萊爾德立刻想到了安琪拉，她也進過不協之門，並在幾小時內就返回了自己家中，她提到過伊蓮娜，她也見過伊蓮娜……

這個念頭剛剛浮現出來，另一陣刺耳的轟鳴突然在萊爾德腦中炸開。

不要讓他們察覺這一切。

不要混淆界限。

殺掉所有拓荒者。

大腦中掀起狂怒的海嘯，而萊爾德自己的意識卻像木筏一樣無助，只能在風暴中被拋來拋去。

與此同時，胸口的疼痛又加劇了。這種疼痛就像舊傷疤自己長出了小手，正在沿著他的血管撕扯，向外摳挖著他的身體。

萊爾德腳步不穩，無意間踢到了一種硬硬的東西，還帶起一陣連續不斷的清脆敲擊聲。

他睜開原本半閉的眼睛，震驚地盯著聲音來源——他的鞋尖插進了兩條骨頭之間。那是一副不完整的成人肋骨，還連著一些本不應該與此連接的其他骨頭。骨頭的顏色很髒，上面黏連著枯萎的皮肉組織，灰暗的色彩間偶爾還有一兩處血色，看起來是鮮活的、仍有生命的物質……

列維發現後，蹲下來幫萊爾德把絆住腳的骨頭挪到了一邊。他的動作不僅俐落，還有一種奇異的溫柔，就像在驅趕一隻無意間攔住路的小動物。

骨頭被推開，沒有撞到書架，沒有弄髒書本，它似乎短暫地接觸到什麼硬物，可能是另一塊骨頭，然後就馬上陷入了一些柔軟的物質裡，安靜地消失在黑暗中。

萊爾德忽然想起了自己曾讀過的書。他手裡捧著厚重的皮革封面古書，毫無障礙地理解了其中陌生符文的含義……

不對。不是這樣。

記憶裡的畫面，忽然被擦除了一層色彩，露出了更鮮活的畫面：他手裡捧著陌生人枯骨化的頭顱，專注地凝視骨頭表面鐫刻的符文……

「不對……」萊爾德自己都沒意識到，他已經自言自語了出來，「還是不對……我能感覺到……」

他再睜開眼。因為低著頭，他看不到遠處是什麼模樣，只能看見自己腳邊的情形。

這裡根本沒有什麼地板，周圍也沒有書本和紙張。

萊爾德不敢左右看，但可以想像到，旁邊肯定也沒有書架。

幾秒前，他還踩到了裸露的枯骨，看到骨面上刻著陌生的文字，但一眨眼之後，連骨頭和文字都不復存在了。取而代之的是，一隻腫脹的、蒼白的左腿正好從他的眼前遊過。

它緊貼著一些裸露的肌肉，發出溼噠噠的摩擦聲，等它迅速遊走之後，一雙帶著白膜的眼睛從被它遮擋的肉裡露出來，看著萊爾德，眨了一下。

身側確實也有一條很硬的骨頭，它是帶著胸骨的脊柱，上面還留著一些血管神經之類的物質，它被拉得很開、很長，後方陷入黑暗裡，前方伸展進肉色的溝槽中。溝槽就像擴大若干倍的大腦局部，但它應該不是大腦，它是由很多不同顏色的肉體組成的，有些能看到肌理和血管，有些還連著表皮、能看出膚色區別。那條脊柱的最上端應該還連著頭部，當萊爾德和列維踏上那些溝槽時，因為貼得太緊，萊爾德聽到了一陣陣近在咫尺的絮語。

萊爾德終於意識到，原來我們不是在書架構成的迷宮裡。我們也不是在沿著迷宮的道路行走。

我們在向上攀爬，踏著第一崗哨本身。

如果不這樣做其實也可以。他們可以繼續留在無邊無際的圖書迷宮中，也成為第一崗哨。就像這裡的所有人一樣。

萊爾德再也站不住了，他閉上眼，跪倒在地，然後被一個懷抱接在雙臂之中。

列維為他擦了擦額前的冷汗，但萊爾德感覺不到。

「我應該給你一片藥的，」列維看著他說，「但現在不行。藥會進一步降低你的敏銳，會讓你無法發揮能力，讓你即使很痛也無法提高感知。所以，先忍忍，我暫時不能給你藥。」

說著，他把萊爾德扛在肩上，站起來，繼續向前走。

「萊爾德，現在我們要從崗哨的內層到外層去，」列維臉上依舊帶著明朗的笑意，「我們不是還得找到肖恩他們嗎？看起來肖恩有他自己的辦法了，但我們要跟過去就有點難度……所以，接下來我們需要你的能力，我需要你幫我們找到合適的出路。」

萊爾德開始耳鳴。他能感覺到自己雙腳離地了，卻聽不清列維到底在說些什麼。

列維說：「如果現在你已經很痛苦了，那就繼續保持一下吧，如果這還不夠，等一下我再幫你想想別的手法。」

傑瑞迷迷糊糊地醒過來，聽見了發電機的聲音。

起初他不知道那是什麼聲音，有人在施工？汽車？摩托車？空調室外機？然後他睜開眼，意識到自己仰躺著，身在一間燈光明亮的房間裡。他忽然想到，遠處那種聲音不正是發電機嗎！看來瑟西沒猜錯，這地方真的有其他人活動的痕跡！

他想看看瑟西在哪，身體卻動彈不得，只有腦袋和手腳能小幅度地動一動。

隨著從昏睡中徹底甦醒，身體的感知也鮮明起來。他想起了之前發生的事，也搞清楚了現在自己的境遇——他躺在一張長椅上，身體各處的關節部位都綁著皮帶或尼龍繩，把他和長椅固定在一起。

他用力掙扎了一下，長椅晃了晃，但沒有翻倒。他看不到下面，猜測長椅應該是被以某種方式固定在地面上。

傑瑞放聲大叫起來，「瑟西！瑟西妳在哪啊！肖恩！是你嗎！你怎麼了！你要幹什麼！你不認識我們了嗎！」

他不停地喊叫，叫得咳嗽不已，一面牆後面終於傳來了腳步聲。傑瑞立刻閉上嘴，心提到了喉嚨口。

來者是肖恩。他沒有繼續戴焊接頭盔，現在傑瑞可以直接看到他的表情了。

肖恩的臉上並沒有任何瘋狂或狠厲的痕跡，他看起來平靜而友善，和從前的肖恩沒什麼區別。這張熟悉的臉配上屠宰場工作服，讓人覺得他只是開了個過分的玩笑。

但傑瑞很清楚這不是玩笑，他之前可是被肖恩掐著脖子勒暈過去了。

「肖恩……」傑瑞小心翼翼地出聲。

肖恩對他點點頭，「嗯，我早就聽見你在喊了，就是沒想到你能喊這麼久。」

傑瑞看向肖恩的肩膀。之前他對著那裡捅了一刀，應該還挺嚴重的，但肖恩好像根本不在意。

肖恩察覺到傑瑞的目光，說：「別擔心，既然傷口不會癒合也不會惡化，那就也沒有必要治療。」

傑瑞蠕動了一下，「瑟西在哪?萊爾德呢?」

「萊爾德不在這，瑟西就在你身後，」肖恩比劃了一下，因為傑瑞被固定在椅子上，他看不到那個方向，「她還在昏睡。你這樣喊她都沒醒，我下手可能是有點重了。」

肖恩說話的時候微微皺眉，輕聳了下肩膀，語調在句尾越來越輕……這個習慣和從前的肖恩一樣。

傑瑞記得，肖恩認為自己某件事做得不好的時候，就會露出這樣的神色。比如他在比賽後對自己的表現不滿，或者他認真寫了分析某本著作的報告卻被老師隨意對待……但現在不一樣，他在談論把一個人打昏打傷，可他的表情這麼輕描淡寫，就像在談論很日常的事情一樣。

傑瑞問：「是你把我綁在這的嗎？你為什麼突然攻擊我們？對了，你知道我們是怎麼走散的嗎？你還記得嗎？你覺得時間過了多久？瑟西說我們……」

「是我綁的。」肖恩打斷他的話，並且只回答了前兩個問題，「我也考慮過別的方式，比如先和你們談談，但我覺得那樣風險比較大。」

「你在說什麼啊？」

肖恩說：「在這比較安全了，要我說說也行……是這樣的，我認真考慮過到底要怎麼帶你們上來。這很難，如果我突然出現，並且提示你們一些事情，很可能會適得其反，讓你們因為察覺到而徹底崩潰。就算你們沒有出事，帶你們回來的過程也很危險。你們陷入得那麼深，去的時候沒感覺，回來的過程就肯定會有所察覺了……你爬過溜滑梯嗎？」

「什麼溜滑梯？」

「就是小時候沙坑上那種溜滑梯。大家都知道正確的玩法，但是大家又都喜歡從滑道逆著往上爬。挺難的，但是很有成就感。你就經常這麼爬，而且每次都爬不到頂端，摔下來的過程還被你媽媽錄下來了。」

連這些事都記得如此清楚，看來此人確實是傑瑞所熟悉的肖恩。但這個肖恩身上又實在有說種不出的怪異感。

「從溜滑梯上滑下去很容易，也很快。要從底部往上爬就比較難了，對吧？」肖恩走過來，站在傑瑞的頭側，居高臨下地看著他，「所以我把你們拎上來了。而且不能讓你看到那個光滑的斜坡。否則你們會雙腳發軟，猶猶豫豫，身體亂扭，反而上不來。」

「我還是聽不懂！」傑瑞叫道，「你能不能先把我放開？我不會報復你打回去的，也不會亂跑的！」

「不行。」肖恩一邊拒絕，一邊走出了傑瑞的視野。

他在房間的一角準備著什麼東西，傑瑞看不見，只能偶爾聽到玻璃或金屬互相接觸時細小而清脆的聲音。

「這三個多月你在哪啊？」傑瑞掙扎得累了，就放鬆下來躺著。

肖恩說他大多數時間就在這一帶，後來又花了點時間下去找他們。傑瑞的身體不亂動了，但嘴可沒閒著，他不停地說話，問這問那，而肖恩的回答總是很難理解。傑瑞能聽懂他說的每個單字，可是連成句子就聽不懂了。

不過，傑瑞仍然能瞭解到一些事：現在他們就在方尖碑裡面，這個建築實際上並不是真正的方尖碑，而更像是一種燈塔，以方尖碑為中心，這一帶的地下和山體中存在著一大片地下空間，是人工修築出來的。裡面也確實留存著很多家具和日常用品，它們來自不同的年代，被不同梯次的探索者帶來並留在這裡。

這片人工建造的區域被稱為「第一崗哨」，但肖恩說不出它名字的由來和存在目的。第一崗哨內也確實真的有電線，真的有發電機。柴油數量有限，據說再過不久就會耗盡，肖恩說這段時間內發電機還停過一次，修的時候他還去幫忙了。

說這些時，傑瑞留意到肖恩的措辭……他去「幫忙」了？幫誰？

傑瑞沒有抓著這一點深問下去，因為肖恩說得特別自然而然，好像根本沒有意識到此處表達方式的古怪。

肖恩還說，崗哨內有裝設燈光的區域並不大，很多地方其實並沒有照明。當初他們在岩山上看到的門確實是真實存在的門，他們也確實是走進了經人工挖掘、修葺而成的區域。但是接下來，他們每次選擇的路卻不見得是真正的人工隧道，他們感覺到的光亮也並不是都真的存在。

傑瑞問：「不是真的存在？這麼說，是我們走進來之後產生幻覺了？」

肖恩含糊地笑了笑，說：「也不是。你覺得這一切都是幻覺嗎？從走進你家浴室裡的『門』之後，我們見到的這一切……你覺得是幻覺嗎？」

「我不知道……」

「這不叫幻覺，不是『假的』……這是另一種東西。」肖恩仍然在那個角落忙碌著，手裡發出窸窸窣窣的聲音，「也怪我用詞不準確。我說『不是真的存在』，只是因為我找不到更合適的表達方法，我並沒有說這東西是假的。傑瑞，你看看你左邊的天花板。」

傑瑞依言看過去，天花板上貼著一張海報，上面的圖像不是照片，而是那種很有年代感的手繪宣傳畫，它顯然有些年頭，褪色嚴重，但還能看出畫面的線條。

海報上畫著一艘海底沉船，船和海底生態融為一體，被成群的小魚圍繞，還有些長相古怪的大魚從舷窗裡探出頭來。海報配的字是「聖瑪格麗塔號的寶藏」。

其實室內有生活氣息的東西不只這張畫，左右的牆壁上還有其他海報或報紙，牆上有的地方還刻著計算公式，甚至五條為一組的計數痕跡。大概這裡就是「崗哨」內有人類活動痕跡的區域之一。

「這海報真復古，」傑瑞說，「是什麼雜誌插圖嗎？還是老電影的宣傳畫？」

其實傑瑞沒什麼心情欣賞復古宣傳畫。他被打暈，被綁起來，肖恩又一點也沒有要為他鬆綁的意思，而且他還不知道肖恩在角落裡忙什麼事情……他慌得要命，又不太敢無理取鬧，只能寄望於肖恩沒發生什麼改變，一切只是誤會……也許多聊聊會讓肖恩放鬆下來。

肖恩的腳步聲靠近，他站在了傑瑞的頭頂附近。傑瑞仍然看不見他，只能聽到他的位置。

「如果你是潛水夫，」肖恩說，「你執行任務，發現了那樣的一艘沉船。它確實是船，是人造的，不是天然形成的東西，它有甲板、船舵、桅杆、船艙……甚至船艙裡還有各種貨物，還有船員的個人物品。它是船，但它又不再是真正意義上的船。自從沉沒到海底之後，它就變成了海底的一部分。」

說得對，但這到底有什麼意義？傑瑞這樣想，卻不敢直接說出來。

肖恩接著說：「可能會有魚住在裡面。也可能沒有，魚只是偶爾經過它。現在，你是一個潛水夫，你找到了它。第一眼看到它的時候，你覺得它是船。然後你游進來，你被困在裡面，你就也變成了海底的一部分。船不再是船，而是海，你也不再是你，你也是海。」

傑瑞終於還是忍不住了，「不，那樣的話我就是屍體了，屍體和海還是有區別的……」

肖恩笑了一下，說：「在船裡幾天，你還是屍體，再過幾個月、幾十年、幾百年，你就是海。它們都是海。」

「肖恩……你扯得也太遠了吧，你這樣讓我很害怕。」

「不用怕，以前我們不是也會這樣聊天嗎？你可以從遊戲的魔法設定聊到宇宙起源假說，我們還經常討論祖父悖論和進化之壁什麼的，現在我們算是扯得很遠嗎？」

身邊發出「吱呀吱呀」的聲音，肖恩終於出現在傑瑞的視野中，還推著一輛奇怪的小推車。

推車比傑瑞躺的長椅矮，傑瑞又被固定著，所以看不到推車上的東西。從聲音聽起來，它應該還挺重的。

肖恩拉了一把凳子過來，坐在傑瑞身邊，「為了不變成海，你就得離開那艘船。但是，船和海只是比喻，而不是實際的情況。你要離開深層，比潛水夫離開船要難得多。」

「那你知道怎麼離開嗎？」傑瑞問。

「我知道，但還沒實踐過。我會帶你們一起離開崗哨，然後我們一起去找出口。」

「出口？」

「能看見家……不，能回家的路。門。」

傑瑞一驚，「你知道回去的方法了？我們到底要怎麼做？」

肖恩說：「首先，我需要你和瑟西的配合。你們要變得……變得能和我一樣，然後我們才能一起安全地回到下層，再安全地回來。」

「還要回去？你是說回那個圖書館一樣的地方嗎？」

肖恩苦笑了一下，「哈，原來你覺得它看起來是圖書館啊……算了，先不說這個。只要你配合，你就會像我一樣，不再需要害怕那些東西，也不會迷路什麼的。」

「我們為什麼還要回去？」

「你哥哥還在下面啊。我們需要他，他不是有個提升感知的獨特方法嗎？我們需要借助這個方法去看外面的路。」

肖恩說得模模糊糊的，傑瑞沒有完全聽懂，只懂了關於萊爾德的那部分。他彎了彎嘴角，「呃……你的意思就是……找到他，然後打他，是嗎……先不論這聽起來有多奇怪，就算是真的吧，那為什麼你之前沒想到？」

「因為那時他還沒去閱讀過，也沒有掌握『看路』的方法。在那時，就算有人把他切成碎片，他也不會看到路的。」肖恩用手肘撐在長椅邊緣，托著腦袋，自然而然地說著無比殘酷的話，「現在不一樣，既然他也去過崗哨深處了，他肯定已經讀了很多東西。他和過去不一樣了。」

傑瑞沒有評價那句「就算切成碎片」，他覺得直接無視比較好。他問：「我們幾個人不是都去過『深處』嗎？雖然我仍然不太明白這個說法……照你這麼說，我們靠自己不也能找到路嗎？必須要打萊爾德嗎？」

肖恩說：「我們不行。我能下到下面去，是因為崗哨畢竟曾經是個人工建築，裡面的東西還是比較明確的，我能看見需要看的東西。但外面不行，到底有沒有路，我是看不見的。這段時間我才明白，我們資質不足，萊爾德可能不太一樣。一般的潛水夫會在沉船裡窒息，但也有人能長出腮和尾巴。」

「你這是在暗示萊爾德變成怪物了？」傑瑞問。

肖恩搖搖頭，「他沒有。他只是能長出腮和尾巴而已，但他仍然不能用魚的眼睛看路。不管怎麼說，他都比我們更瞭解海，只要能好好使用他，我們就能浮上海面。」

肖恩的語氣和表情都看似正常，說的話卻怎麼聽都不太對勁。

傑瑞想了想，說：「那……那好吧。你放開我，我跟你一起回去找他們兩個。」

「他們兩個？」

「萊爾德和列維．卡拉澤啊。」

肖恩撇了一下嘴，皺起眉頭，「就是因為有卡拉澤，我們才必須先做好準備，然後再下去。我遇到萊爾德的時候，他也在附近，這樣不行⋯⋯」

肖恩嘖嘖搖頭。傑瑞想問他到底什麼不行，他沒有回答，而是說：「好了，你就相信我吧，我們差不多該開始了，你結束之後還得輪到瑟西呢。」

肖恩伸手過來，把傑瑞嚇了一跳，他還以為肖恩又要掐他脖子。

當然肖恩並沒有，他只是摸了摸傑瑞的腦門，把傑瑞額前和頰側的頭髮都慢慢拂開。

接著，傑瑞看到他拿出了一個奇怪的物品，它像一副頭戴式耳機，也有點像聽診器，下端連著電線，反正像是某種古老的儀器。

肖恩整理了一下它連著的線，把它掛在小推車旁邊，掏出一副塑膠手套。這可不是手術手套，更像是做粗工用的。

在傑瑞疑惑而驚恐的目光中，肖恩又拿出了一支表面布滿汙漬的塑膠瓶。

「也不知道這是多少年前的東西了，但是沒辦法，只能用它了。」肖恩自言自語著，拔開瓶塞，把一股帶著微妙化學味的膏體沾上指尖，然後塗抹到傑瑞的頭部兩側。

傑瑞嚇得拚命掙扎，尼龍繩和皮帶把他綁得很牢固，甚至長椅也被什麼東西固定在地上，他用盡全身力氣，也只是在亂動亂抖，根本無法阻止肖恩。

傑瑞問肖恩到底要幹嘛，肖恩卻只做了個「噓」的手勢。

肖恩把那個「像耳機或聽診器」的東西戴在傑瑞頭上，抵住塗抹了膏狀物的地方，然後他站起來，挪了一下小推車的位置。

這下，傑瑞躺著也能看到推車上的物品了。一臺盒子形狀的老舊儀器，上面有指針儀表盤和幾個旋鈕。旁邊鋪開著一塊軟布，布上赫然排列著幾支大小不等的金屬長針。

傑瑞繼續掙扎，狂吼著問肖恩那是什麼。肖恩絲毫不受他情緒的影響，平靜地告訴他，是長鐵釘和碎冰錐，都是在這個地方找到的、從前來過的人留下的物品。

甚至肖恩還說，幸好現在柴油還沒用完，否則就沒辦法幫你麻醉了。

傑瑞一邊拚命扭動身體，一邊疑惑柴油為什麼能麻醉……然後，他忽然意識到這是什麼了，他在一些紀錄片裡見過類似的東西……

柴油不是麻醉用的，電擊才是。

而電擊不是為了折磨，甚至不是為了治療，它是為下個步驟做準備。為了讓那根細長的冰錐順利地從眼角刺入大腦……

「肖恩！」傑瑞嚎啕大哭起來，「你醒醒！你知道你在做什麼嗎！不要啊！我會死的！我會死的！」

肖恩伸手過來，用戴著手套的指節抹了一下傑瑞的眼淚。

「你不會死的，這個小技巧很簡單。」肖恩還故意露出更加燦爛的笑容，就像醫生在手術前安慰緊張的患者，「你還記得嗎？小時候我幫溫蒂緊急處理傷口，是我媽媽教我的。後來老師還誇過我，說很難相信十二歲的孩子能做得這麼專業。可惜我並不想當醫生，嗯……我還是更想進入職業球隊什麼的。我只是想說，你相信我，我為此練習過很多次，手很穩，不會傷到你的眼球，你醒來就會發生改變，那時，我們就可以一起……」

「去你的！溫蒂到現在都還見到你就躲著走！你在她眼裡就跟牙醫差不多！」

牙醫。聽到這個詞，肖恩愣了一下。戴面具的雷諾茲也曾用牙醫打比方，對他說過一些話。

「但我確實幫助了溫蒂，」肖恩說，「這一點無法改變，她對我的恐懼才是沒道理的。」

他邊說邊面向小推車上的儀器。他想不太起來雷諾茲的原話了，但還記得大致意思。而且，它說得很對。這種恐懼是沒道理的。

「肖恩！你聽著！」傑瑞哭喊道，「如果你非要這樣……我是不會原諒你的！」

肖恩點了點頭，敷衍地哼了一聲，拿出一坨厚厚的布團。布團來到面前，傑瑞認出這是自己居家服的一部分，是一塊填充了棉花的「恐龍尾巴」。

肖恩捏著傑瑞的臉，抓起一把尺之類的東西去撬開他的牙齒。

在布團還沒塞進口中之前，傑瑞顫抖著說：「你聽見了沒有……我永遠不會原諒你，這一生都不會原諒你……你明白嗎……」

「明白。」

膨脹的布團完全占據了口腔，甚至抵住舌根，傑瑞現在只能嗚嗚地發抖，一句話也說出不來。

肖恩面向儀器，轉動了旋鈕。

長椅上傳來一陣震顫，然後是意料之中的寂靜。

確認傑瑞已經失去意識後，肖恩取下電極，比了比幾根不同長短、不同重量的尖銳物，挑了一根最合適的碎冰錐，另一手拿起錘子。

燈光忽然閃了幾下，發電機的聲音也不太對勁。肖恩靜靜等了片刻。之前他也遇過類似情況，不稀奇，這些設備經常出現各種問題，也許哪天就再也修不好了。

燈光先是恢復了幾秒，然後又開始頻繁閃爍。同時，地板傳來微小的震動。

這個房間外面是很窄的小平臺，以及一段Z形木質樓梯，肖恩聽到木頭在嘎吱作響，還伴隨著沿途樓梯上的電線被扯斷、燈泡被擠碎的聲音。

肖恩的眼睛漸漸睜大。他打開室內的另一扇門，跑著登上幾十級臺階，推開位於方尖碑頂部的、那扇他已經很熟悉的門。

「它上來了。」肖恩說，「我們不能帶著那東西一起走。」

黑暗中傳來細小的嘆息聲。雷諾茲似乎很虛弱，連開口說話都要深深吸氣來準備一下。

「我不明白……」雷諾茲輕輕說，「你指的是什麼事物？」

「就是你口中要完成使命的那個東西。」

「那個東西？」一陣窸窸窣窣的聲音，似乎是雷諾茲在移動位置，「我不明白……孩子，我不明白你為何這樣理解。」

肖恩看了看身後，聲音貌似還很遠。他說：「照你說的，那些人都沉溺在了崗哨內，完成使命的同時，自身也變成了別人的『使命』。成功離開了的人只有兩個，加上我和傑瑞、瑟西，一共也就五個人。現在，它好像也上來了。我還以為它辦不到，它走不了那些路。」

平滑的烏鴉面具漸漸浮現出來，而雷諾茲的其他部分仍然隱匿於黑暗中。雷諾茲的聲音帶著憂慮，「你是指身負使命的那一位獵犬？他的使命決定了他需要這樣做，探索，到來，然後離去……最後『離去』這一步很難完成，但這畢竟是他的使命之一。現在，我不明白你想要表達的情緒與目的。你為何認為他脫離深層是一件壞事？」

肖恩輕輕瞇起眼，「你見過它嗎？」

「我不明白你為何使用『它』這個代稱。」

「你是見過它的。但為什麼……」肖恩又回頭確認了一下，「難道你看不見嗎？」

也許是因為真的不明白，雷諾茲沒有回答。黑暗中只有他沉重的呼吸聲。

肖恩嘆了口氣，在門前小範圍踱步，「像你這樣的東西，竟然反而看不見嗎……不對，也許不是你看不見，而是它本身的問題……」

肖恩突然停止了踱步，「嗯……只好這樣了。我要走了。」

說完，他立刻轉身離開。身後敞著門的頂層房間裡，傳來雷諾茲輕微但平穩的聲音：「當然可以。你擁有離開的可能性。」

肖恩能明白這句話。就像之前他對傑瑞解釋的一樣，他只是擁有「可能性」，而不是真的能穩穩找到回去的路。

這已經很難得了，如果是之前，他連這一點可能性都沒有。

在淺層做準備的這段時間裡，他逐漸對雷諾茲說過的那兩個人有了更多瞭解。

那兩人都曾經走入崗哨深層，又順利回到外層，甚至回到低層視野……也就是普通世界。

其中之一，是個一兩百年前的古人，現在早就不在世上了。雷諾茲說不出那人到來的具體時間，肖恩是從對他的外表描述推測出其生活年代的。雷諾茲不知道那人的名字，只知道他極為敏銳，有著罕見的潛質。他離開了崗哨下層，然後就消失了在了方尖碑裡，他之後的命運如何，雷諾茲一概不知。

另一個離開這裡的人就沒有那麼古早了。那是個女人，大概是現代人，具體來說是多久之前來的，又是多久之前走的，雷諾茲仍然判斷不出來。那女人是雷諾茲口中的「身負使命者」，也就是說，她並不是誤入此地，她就是為了閱讀而來。據說她閱讀的時間更久，達到的深度也更深。

而且，她的情況很特殊。雖然雷諾茲感受不到體感時間，卻能夠精確判斷出她在崗哨深處閱讀了多久——至少有六個月以上。原因在於，她離去的時候，她的身體產生了不可思議的變化。她的腹部高高隆起，雷諾茲靠近她時，能聽到兩個人的心跳聲。

雷諾茲同樣不清楚這個女人後來的命運。不管怎麼說，這兩個人都不需要萊爾德那樣的人幫他們「找路」，他們有自己就夠了。

他們不僅有著敏銳的感知力，而且還有「在不同層次的視野中穿梭的資質」。這是雷諾茲的用詞，肖恩不能完全理解，也放棄去完全理解了。他覺得只要知道表面上該怎麼做就行了。

雷諾茲還說過，對於長期困在表層視野中的人們來說，這些「資質」也許並不是什麼好事，甚至反而徒增痛苦。

天生的盲人反而不畏懼黑暗。如果世上多數生命皆為目盲，那麼面對永不止息的晝夜更迭，那些少數擁有視覺的人反而會受到殘酷的折磨。

肖恩能大致明白這種感受，但並不能對此產生同理之心。他認為自己只是個對光線比較敏銳的盲人，還遠遠談不上擁有眼睛。

所以，他需要把萊爾德帶上。

他有自信能夠帶走傑瑞和瑟西，卻不敢直接面對萊爾德身邊的那個東西。他知道那是誰。正因為知道，他才更不能冒這個險。他雖然忌憚它，卻不是出於感性的畏懼，而是出於冷靜的判斷——如果獨自一人與那種東西發生衝突，他可能會失敗，那樣他就沒辦法帶傑瑞回家了。

於是他想到了一個辦法，先把瑟西和傑瑞都帶上來，讓他們也像自己一樣擁有「離開的可能性」，然後再一起處理該如何離開的問題。這兩人太不敏銳了，他們無法與雷諾茲溝通，所以這件事得由尚恩自己來做。於是，尚恩專門為此練習、籌備了很久。

成功之後，他就可以與傑瑞、瑟西一起再回到深層，三個人肯定更有效率。那時，他們三個都將能暢通無阻地進入和離開，再也不會被情緒左右、被感知誤導。

他們可以帶上萊爾德，把那個怪物留在這裡。讓它繼續留在下面沒什麼不好，反正那是他的使命。其實，如果萊爾德願意，尚恩覺得把他留下來也沒什麼，但是不行，畢竟他們需要萊爾德。

現在情況有變。尚恩感覺得到，那個東西爬上來了。

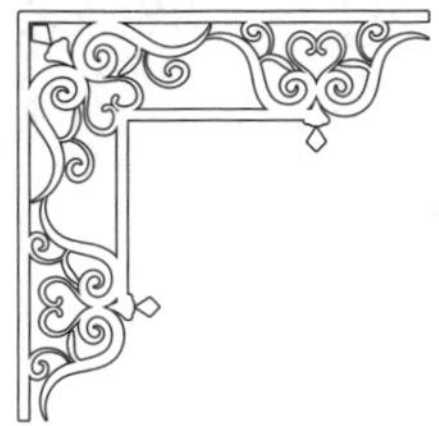

SEEK NO EVIL

CHAPTER TWENTY THREE

【拓荒者】

與此同時，在燈光熄滅的「起居室」中，瑟西「咕咚」一聲摔在了地上。

她躺在橫倒平放的櫃子上，只被綁住了手腳，並沒有被固定在任何東西上。肖恩大概是打算等傑瑞的事情處理完了，再把瑟西換過去。

瑟西剛剛醒來，視野模模糊糊的，只聽到傑瑞哭著說什麼「不原諒你」。另一個人的腳步聲跑出去之後，她才漸漸完全地清醒過來。室內沒有窗戶，燈也全部熄滅了。瑟西看不見東西，只能感覺到自己手腳上的繩索。

瑟西叫了傑瑞幾聲，傑瑞毫無反應，這讓瑟西十分擔憂。好在她的手是被綁在前面的，她用牙咬上去，繩子帶著說不出的怪味，讓她一陣乾嘔，她忍著噁心繼續，抓緊時間在襲擊者回來之前解開自己。

她掙脫手腕上的繩子，正在解腳踝上的繩子時，腳步聲又響起來了。她按照之前的姿勢重新躺好，雙手蜷縮在一起，假裝還沒醒來。腳上的繩子看似原樣纏著，其實已經鬆掉了，只要她再用點力氣就能徹底掙脫。

門「吱呀」一聲打開了，腳步聲走進來，在傑瑞那邊停留了片刻，又向瑟西走來。

瑟西感覺到那人在自己身邊蹲了下來，距離非常近。她咬緊牙關，找準時機，突然翻身揮起手臂，用手肘朝那人的臉上狠狠一擊。

那人悶哼一聲向後坐倒，同時，瑟西踢掉腳上的繩子跳了起來。就在她準備再上前踢一腳的時候，列維・卡拉澤敏捷地跳起來，向後退了兩步，「是我！妳瞎了嗎！」

室內的燈滅了，門外本就昏暗的燈光也在閃閃爍爍。瑟西瞇起眼仔細看了看，這人好像真的是列維。列維捂著一邊的額角，看來他才是差點就要瞎了。

「你為什麼要這樣做？」瑟西問。

「我怎樣做了？」列維回頭看看不省人事的傑瑞，「你是說這個嗎？長話短說吧，不是我，是肖恩。」

他正好站在肖恩的推車旁邊，拿起上面的小錘子和碎冰錐，「看看這些……我還想問你們『他為什麼要這樣做』呢。」

瑟西這才留意到昏暗房間內的各種怪異器具。她從一些紀錄片裡看過這些東西，是些古老而野蠻的腦部手術工具，甚至其中一些都算不上「工具」，只能算是簡易的代替品。

她走上前幫傑瑞鬆綁。傑瑞被固定在一架能半躺的折疊躺椅上，躺椅的可折疊處都被焊死了，椅腿也和打著金屬鉚釘的鐵皮地面焊在了一起。從痕跡來看，這些事情應該不是近期做的，看來這房間從很久以前開始就是個強制手術室。

把傑瑞鬆開後，瑟西輕拍他的臉，他仍然沒有反應。瑟西恍惚地搔著頭，「怎麼會……肖恩怎麼可能做這種事？」

「難道我就更可能做這種事嗎？」列維說，「好了，抓緊時間，我們走吧。」

瑟西茫然地看著他，「去哪？」

「還能去哪？」列維從攝影背心的口袋裡掏出形似老舊手機的東西，瑟西曾經見過它，知道這是某種追蹤儀器。

現在，儀器的單色螢幕上閃動著兩個標幟，一個原地不動，另一個正在向不動的那個緩緩靠近。

「那難道是……」瑟西伸手過去，列維卻小氣地把儀器收了回去。

在崗哨上層，儀器又有反應了。之前他們一路追蹤著伊蓮娜，現在伊蓮娜竟然在向他們靠近。

明白列維的意思後，瑟西頓時有了幹勁，甚至連肖恩想做什麼都懶得追究了。

她檢查了一下周圍，自己隨身攜帶的東西都不見了，腰包裡剩下一點子彈，但槍已經沒了。她嘆了口氣，沒有去尋找那些東西，而是試著扶起傑瑞。

「嘿！來幫幫我啊！」她叫住轉身要走的列維。

列維回頭，「他自己走不了，先別帶他了。」

瑟西大為驚訝，「你……你這人有什麼毛病？難道我們就把他扔在這嗎？」

「妳到底還想不想去找伊蓮娜和米莎了？」列維問。

「當然想，但這和帶上傑瑞有矛盾嗎？」

列維還真的停下來想了想，然後回答：「有矛盾。首先，傑瑞會拖累我們，但這不是最重要的原因。另一個原因是，肖恩很想帶他離開，而不是讓他跟著我們去找伊蓮娜。如果再耽誤下去，等肖恩回來，場面會很尷尬的。讓他和肖恩走也沒什麼不好。哦，不用擔心那些錐子錘子什麼的，等他真的被切了該切的東西，他就不會在意了，甚至他可能還會認為自己變得更好了。而妳不一樣，我有我的事要做，妳也要去找女兒，我們算是目的一致。」

對瑟西來說，列維這段話裡有太多地方讓她想破口大罵，就是因為太多了，她反而不知如何開口。

列維用「難道不對嗎」的表情看著她，等待她做出認可的回應。他的語氣和眼神都十分認真嚴肅，並不含有任何惡意，這表示他前面的發言不帶任何戲謔，全部出自真誠之心……這讓瑟西更加不寒而慄，一時簡直不知道自己是在和什麼玩意對話。

在她震驚到無法言語的時候，列維失去耐心，乾脆不再勸說她，直接走向門口。

就在這時，他手裡的追蹤儀器螢幕閃爍了一下。代表伊蓮娜的標幟仍然按照原本的速度在緩慢靠近，代表著萊爾德的光點原本不動，現在卻緩緩移動了起來。

他低低咒罵一聲，扔下瑟西和傑瑞，推門跑了出去。

幾分鐘前。

萊爾德坐在樓梯口，呆呆地望著下方翻湧躁動的黑暗。他們正是從那裡走上來的。

這麼一想，第一崗哨簡直就是一棵樹。根系在土地中蔓延，營養在樹木中間積累與遊走，方尖碑如樹冠伸展向天空……樹根把吸收到的水和養分輸送到高層部分，地上部分把接觸到的有機養分送往樹根……這棵樹就這樣扎根在與它格格不入的世界裡，甚至還能夠持續地生長。

「大樹」的根系是活的。萊爾德想起了灰色獵人，他一直在尋找第一崗哨，卻在已經非常接近它的地方選擇了放棄。

有人說，不管在什麼專業領域，都是初入門的愛好者最有自信甚至自傲，而越是深入這一領域的人，就越具有敬畏之心……或許灰色獵人的情況也有些類似吧，他看見過別人看不到的世界，他不敢、也不願意再尋找第一崗哨了。

這裡要嘛存在著足以顛覆信仰的欺騙，要嘛存在著他或旁人都無法承受的祕密。

不知不覺地，萊爾德的目光從牆壁上移開，又盯著下方的黑暗深處。他知道下面是什麼，是「從古至今，每一年，每一秒，每一位拓荒者」。黑暗中，一條枯瘦修長的手臂伸到了他腳邊。這隻手沒有繼續向前，像是忌憚他身後的空間，又像是出於對他本人的敬畏。

萊爾德移開目光，繼續想像參天大樹，比如北歐神話裡的世界之樹、科幻小說裡的宇宙電梯……不行，那隻手在不斷抓摳著地面，粗糙的指甲在石頭階梯上摩擦，形成輕聲耳語，不斷不斷地湧向黑暗之外。

「夠了……」萊爾德靠在牆上，虛弱地說。

但對方應該聽不見他的聲音。他們繼續囁嚅、複述、列舉、陳述，他們繼續對已經走上「堤岸」的萊爾德輕聲細語著，不放過哪怕最後的一秒鐘，時刻履行著自己作為書頁的責任。

「你們是怎麼上來的？它上哪去了？」身後傳來肖恩的聲音。

萊爾德沒回頭，只是懨懨地靠在牆上，說：「你能看見那個嗎？就那邊，那些。」

肖恩站在比他高五階的地方，看了一眼低處，「能，我早就看到了。」

「多早？三個多月以前？」

「對，但那時我受不了，」肖恩說，「好了，不說這些廢話了。你過來，跟我走。」

萊爾德苦笑一下，「不行啊，我站不起來。」

他背對著肖恩，肖恩看不見他具體是哪裡有傷。肖恩也沒問，直接伸手抓住他的右臂，轉身就拖著往上走。萊爾德被拽得倒下來，堅硬的階梯擦過身體，每一下都撞得他咬牙皺眉。

被強行拖著往上走的時候，他偶爾還能用左腿支撐一下身體，自己爬一爬、配合一下，而他的右腳卻只能被動挪動，從小腿到腳踝都呈現出一種不自然的角度。

肖恩把他拖到上一層平臺，朝著對面向下的樓梯走去。原來這裡是一條近路，看似向下，其實可以穿到另一條通道裡，繼續向上攀登。

被這樣粗暴對待，萊爾德當然痛得要命，但他一直沒有吭聲。這倒不是因為他主動想忍耐，而是深層那些書頁們的述說聲太過震耳，幾乎沾滿了他的感官。

隨著距離越來越遠，聲音也越來越小，萊爾德自己的感官漸漸回來了。他終於開始哼哼叫地喊痛，但肖恩並不理他。

他被扔在一塊平坦的地板上，然後聽見開門關門的聲音。他趴著，抬起頭，光線從房間高處的數個孔洞裡投射進來，正好照在房間正中央的人身上。

那個人側躺在地板上，渾身裹著髒兮兮的布條，像個黑色版本的木乃伊。他的臉上覆蓋著一副鳥嘴面具，面具下面流淌出一些混雜著血色的半透明黏液。

在萊爾德看過去的瞬間，面具還沒有完全貼合在那人臉上，此時他正在用裹著黑布的雙手捧著面具，讓它完全遮住自己的頭部。

鳥嘴面具中傳出沙啞的聲音，「噢，是你。太好了。」

萊爾德看著他，知道他是在對自己說話，而不是對肖恩。

肖恩從萊爾德身上跨過去，走到鳥嘴面具身邊，「我把他先放在這，別讓他離開，也別讓我以外的人進來。」

鳥嘴面具動了動，像是點頭，又好像不是。他身上的一根布條伸向萊爾德，讓萊爾德想起崗哨深處的手指、手臂、血管、神經和肌肉纖維。它們也是這樣綿軟而神祕，讓人無法移開視線。

布條蠕動著，越來越近，碰觸到了萊爾德的手指。

鳥嘴面具——只有面具，不包括他的頭部——在原地轉了個九十度角，以扭曲的姿態豎立在地板上。它後面的聲音說：「那可不行。」

肖恩本來正要離開，突然回過頭，「你說什麼？」

黑色布條纏住了萊爾德的手腕。

「這裡是第一崗哨，我是信使雷諾茲，」聲音晃動著，整個房間的空氣似乎也在隨之震動，「信差服務於觸摸真理之人，連結起執行之人與奉獻之人，乃祕密的傳遞者……我願意協助你達成願望，但我的使命是輔佐獵犬與書頁。」

肖恩向後退了一步。他面色嚴峻，卻看不出任何憤怒或恐懼之類的激烈情感。

他面前的門中「噗啦啦」地飛出無數烏鴉，每一隻都由門後的黑暗捏塑而成。牠們飛過每個人身邊，又遁入空氣之中，隨著羽毛飄散，列維．卡拉澤從漆黑的通道裡走了進來。

也正是在這個瞬間，在盤旋的鳥群與飄散的羽毛之中，萊爾德被數條細長的黑布拉向天花板，身形隱匿於尖頂內部的四角椎形黑暗裡。

萊爾德仍然能看到房間裡的情況。他感覺自己的視角就是一盞吊燈，或者一隻正在天花板上結網的蜘蛛。

他仍然能看到躺在地板中間的「雷諾茲」。

黑色布條裹著零散的血肉，勉強維持著具有人類特徵的外形……如果沒有被綁縛、定型，那些肯定只是一堆散亂的肉塊。他頸部、腰部和腿已經有點散架了，膝蓋上還有一塊比較完整的骨頭，頸部則完全是不成形的肉糜。

一條黑布遮住了萊爾德的眼睛。

「別看了。」腦子裡傳來雷諾茲的聲音。鳥嘴面具貼在傾斜的頂牆上，就在萊爾德身邊，周圍也有很多被布條綁縛著的物體在蠕動著。

萊爾德這才看清自己的處境，他被橫掛在一條橫梁上，腦袋和手腳垂下來，肚子被頂得想乾嘔。

他想著，這樣下去，要不了多久就會頭部充血，然後人就會意識模糊，骨頭碎裂的疼痛也許就會減輕。

想到這一點，他自己都覺得不可思議……為什麼我還這麼冷靜啊？

他現在根本無法走路。他右腿膝蓋以下的骨頭完全碎掉了，可能還不只骨頭，肌肉和筋腱之類的地方應該也有不同程度的損傷……但是誰知道呢？骨頭都碎了之後，誰還能感覺得到肉到底痛不痛。

他不只是右腿膝蓋以下無法動彈，而是整個下半身都不聽使喚了。奇怪的是，他既不想叫喊，也沒有流淚，他的感官被兩種東西占據，第一種是劇烈的疼痛，除了下半身的，還有來自胸口深處的；第二種是視覺裡那雙蒼白的手，他曾經在恍惚中看過它。

現在，他在每個瞬間都有可能會看到那雙手。看著它的時候，他的視角是平躺著的，那雙手從黑暗中漸漸浮出，向他伸過來，挖開他胸前的皮肉和骨頭。

那雙手並不是真的存在。而是只存在於他的感官裡。是感官裡，不是視覺裡。他不僅能看到它，還能聽到它造成的聲音，感受到它造成的傷痛，嗅到另一個人皮膚上的味道。一股有點熟悉的味道。

為了不看到那雙手，萊爾德就需要努力注視別的東西。當他盯著雷諾茲的面具看的時候，或者當他陷入對肖恩狀況的思索時，那雙手就會從他的感官中消失。但當他稍有鬆懈時，哪怕只有一個眨眼的時間，那雙手就會閃現回他面前。

他的各種感官被占得太滿了，根本沒有給其他東西留下空隙。這是他第一次體驗到如此奇特的感受，明明無法抵抗痛苦，卻連為痛苦呻吟的空暇都沒有。

萊爾德動了動腦袋，看向旁邊的鳥嘴面具。

面具也躺在橫梁上，因為距離太近了，萊爾德能從面具的眼孔看到裡面，那裡的東西有著溼潤的質感，裹著薄薄的黏液，上面布滿淡粉色溝壑，還有一些極為纖細的脈絡狀物質從面具裡伸出來，陷在一堆盤繞的布料裡。

原來這才是他。萊爾德恍惚地想著。而且……他好像還受傷了。

不對，這個說法不對，任何人類，或者說任何動物，如果已經到了只剩下腦子和碎肉的地步，那麼它顯然早就「受傷」了，甚至連「受傷」都不足以形容這種狀態……

在已經是這副慘狀的基礎上，即使這顆腦子上再多幾個洞，再有哪些部分被割下來又塞回去……相比之下也不是什麼很嚴重的事情……

「你是想問我遇到了何種折磨？」雷諾茲的語言傳達到萊爾德腦中。萊爾德沒有聽見任何東西，這是他直接感知到的思維。

雖說是思維，但表現方式仍是語言。也許因為語言就是傳達思維的「門」，沒有它，思維就出不來。人在思考時必定會用到語言，哪怕是大眾陌生的手語，甚至是部落造語。

當思維潰散時，語言也跟著瓦解，比如艾希莉之前呈現的那種語無倫次的狀態……艾希莉應該還在外面，不知道她現在怎麼樣了？

萊爾德故意讓自己這樣不停地思考，以避免那雙蒼白色的手出現在感官中。他不知道那是什麼，也不知道為什麼必須避免它出現，總之他就是很害怕那東西。

雷諾茲沉吟片刻，回答了萊爾德的疑惑。與他溝通，可以減輕萊爾德的負擔，免得他還得努力遮蔽那雙手。

雷諾茲說：「這不算是折磨，只是練習。他需要練習。」

雷諾茲的思維就像他的形體一樣，雖然有著統一的整體，卻又分散著存在，也正因如此，萊爾德才能夠精準地感知到他傳達的東西——就像雷諾茲分散的每一塊肉一樣，它們也是這樣與彼此溝通的。

於是，萊爾德看到了雷諾茲所表達的東西。

「你允許肖恩拿你來練習？」萊爾德問。當然，他並沒有說出聲音。他難受到一個字也吐不出來。

雷諾茲的情緒中帶著一絲笑意，「不是我允許他，是我建議他這樣做的。」

「他自己也接受了同樣的手術……」

「是的。他的手術由我進行，然後我教導他，再由他對別人執行。但他的操作還不算十分熟練，只能做最簡單的那一步，更徹底的手術，他是做不了的。」

「你為什麼不親自來？」

「這不是我的願望，而是他的選擇。我不會直接干涉崗哨深處的一切。而且，即使我想這樣做也做不到，他們無法感知到我、無法聽到我，我就無法與他們有任何互動。」

萊爾德的視野有些發黑，可能是頭昏造成的。他盯著下方，看到肖恩在一點點後退，列維．卡拉澤還站在門口，一臉震驚地四下環顧，並沒有做出什麼有威脅性的動作。

萊爾德問：「他為什麼要這樣做……我的意思是，他為什麼『需要』對自己、對別人這樣做？」

雷諾茲說：「為了面對他想去面對的東西。他想要審視外界，並且還要讓自己的視野保持處於低層面，這是矛盾的，是十分困難的。一個嬰兒，不可能既能夠流利地說話、認字、勞動，又同時保持混沌、保持純粹的自我。肖恩先生想要達到他所追求的狀態，就只能去除恐懼，去除理性。不是忍耐，而是徹底地去除。」

「理性？」萊爾德回憶了一下肖恩之前的神態，與其說去除了理性，不如說看起來過於理性了……甚至變得有些像列維。

雷諾茲立刻明白了萊爾德的疑惑，「你所參照的，是你的語言系統裡那個『理性』。你認為什麼是理性？在幼年期的低層視野……不，我是說，在我有印象的人類的……我們的……很多文明中，如果一個人類從事某項需要數學思維的事業，這被認為是理性；在多個功能相似的物品中選擇更能長久使用的，這被認為是理性；在喜愛的人與可謀利的人之間選擇後者，這也被認為是理性。這種思維方式，其實與恐懼深刻地相互關聯，將二者皆徹底去除後，你們會成為無需考慮『恐懼』就能做出選擇的人。也許你覺得肖恩先生現在看起來仍然十分『理智』，但並不是。如果理智的反面是瘋狂，那麼，割捨掉瘋狂的源頭之後，理智也不復存在。」

「我不認為這是好事……」萊爾德嘆息著，「但……他已經無法挽回了，是嗎？」

「不是。」

這回答令萊爾德有些吃驚，「不是?他還能恢復?」

「理論上能，可他不能，也不願。」雷諾茲接下來的話又更令人失望了，「肖恩先生可以讓自己腦中已被破壞的區域修復，但修復即是成長，成長需要進食，進食會導致成長。」

雖然雷諾茲沒有眼睛，但萊爾德總覺得他是在盯著自己。

雷諾茲繼續說：「就像你一樣，萊爾德・凱茨。你所承受的傷痛不會惡化，但也無法治癒，除非你慢慢長大。其實我也在慢慢長大，但我擔心影響使命，所以會故意讓這件事緩慢一些。」

「為什麼會這樣……」萊爾德問，「你就不能直接告訴我們嗎?這地方叫什麼，是什麼，為什麼會存在……」

「你深入過崗哨內部，讀過許多人。如果那裡有答案，你就已經知道答案了，如果沒有答案，那麼我也不可能知道。」

「不，我……」

「我明白，你彷彿知道，又彷彿想不起來，」雷諾茲說，「這很正常，每個人都不可能時刻想起這一生中接收到的每一丁點資訊。等到你需要的時候，你就會感覺到它的。反而是我，我無法回答你的問題。我是一名信使，我從未深入崗哨內部，從未閱讀過你們接觸的那些奧祕。」

「也就是說，你只負責在這收門票？」

也不知是故意還是天生如此，雷諾茲的回答十分真誠，完全不理會萊爾德語句中的諷刺，「如果你的意思是由我負責引導，那麼是的。」

萊爾德無力地笑了笑，稍一放鬆，那雙手就又從視野發黑的角落伸了過來。他立刻盡力驅趕它，咬著牙去感受身體上的所有疼痛。

把那雙手趕走之後，他問雷諾茲：「那現在是什麼情況……你想做什麼？為什麼要單獨和我溝通？」

「我並不需要與你溝通，」雷諾茲說，「我只是不希望他們對你進行無意義的傷害行為。」

萊爾德望著下方的房間，肖恩和列維沒有爆發任何衝突。列維在門口問了幾句後，肖恩只是走向房間深處，從堆在角落的雜物裡拿起一把眼熟的鐵鏟，又搖搖頭放下。

他根本不理會列維，甚至故意減少與他的目光接觸，列維顯然對此感到莫名其妙，所以沒有做出任何進一步的行動。

雷諾茲的面具動了動，像是也在俯視下方，但他應該沒有眼睛，即使有，眼睛也不在面具裡面。

起初萊爾德不明白雷諾茲想表達什麼，接著，雷諾茲的情緒波動得越來越厲害，萊爾德忽然就瞭解到了其中的意思。

雷諾茲的思緒散亂而複雜，雖然還不至於複雜到難以形容，但對他自己來說，要整理成語言確實有一定的難度。

以萊爾德的理解來說，雷諾茲效忠於拓荒者們，也畏懼著拓荒者們。

每個變成第一崗哨的拓荒者，都與這位信使打過交道。雷諾茲應該是隨著第一批建立崗哨的人到來，然後他和那些人一起留在了這個世界裡……那應該是很久以前的事情了。

接著，每一年，每一次有人找到第一崗哨，他們最終都會沉入其中，化作「圖書館」的一部分。而在這件事發生之前，那些人也曾經在淺層徘徊，也會遇到各式各樣的事情。

在他們之中，最終能夠沉入崗哨深處的都是少數，更多的人會在探索中崩潰，會因為無法完成願望而絕望或暴怒。還有的人乾脆忘記了使命，開始發狂，精神徹底分崩離析，或者放任自我成長為另一種生物。

事物。

於是，在那些人眼中，駐守於第一崗哨的信使幾乎是全世界最邪惡、最恐怖的同時，也一次又一次地被敵對、被獵殺、被撕成碎片。

雷諾茲既是恐懼者眼中的怪物，也是殺戮者刀下的獵物。他在執行信使使命的會發生任何事情，他都不會去阻止、也無權去阻止，但當他面對這種沉重而帶有侵略性的空氣時，肯定會回想起發生在自己身上的每一次殺戮。

肖恩和列維身上蔓延著令人不安的氣氛，雷諾茲敏感地捕捉到了。無論接下來

雷諾茲能感覺到自己的想法在外泄，他不介意，畢竟他本來就是這樣說話的。他還對萊爾德補充說：「正是如此。信差服務於觸摸真理之人，連結起執行之人與奉獻之人，乃祕密的傳遞者。我的使命是輔佐獵犬與書頁。」

信差服務於觸摸真理之人。

所以，即使肖恩只是一個誤入此地的少年，他也仍然算得上是會去觸摸「真理」的人。雷諾茲會以他能想到的方式去幫助肖恩，雖然這種「幫助」在萊爾德看來根本是罪行……在這裡，要滿足肖恩的願望，也許真的沒有別的辦法。

信使的使命是輔佐獵犬與書頁。

所以，即使雷諾茲幫助過肖恩，甚至允許他拿自己僅剩的完整大腦來做練習，

可一旦肖恩想阻止「獵犬」攜帶著知識回到上層，雷諾茲就不會再支援肖恩，而是優先為獵犬提供方便。

信使曾經也是人類……或許現在也是，這要取決於如何定義「人類」。

所以，察覺到不妙的氣氛時，雷諾茲把萊爾德拖到房間高處。萊爾德也深入過崗哨，也閱讀過奧祕，也是雷諾茲的服務對象，而且此時他神志清醒，可以平和地溝通，身上還帶著嚴重的外傷……也許這喚起了雷諾茲身為人類時的恐懼。不知他是否回憶起了自己被粉身碎骨的每個瞬間。

萊爾德難以置信地望著鳥嘴面具。

他清晰地感知到雷諾茲的情緒與思維，卻不知該如何形容它們。

粗看似是慈悲，細想卻近乎無情。

「你與我一樣。」這時，雷諾茲說，「『這些』是你自己提議的。」

萊爾德聽懂了，他指的是自己腿上的傷。萊爾德能夠聽到雷諾茲的聲音，雷諾茲也可以讀到他的想法。溝通是雙向的。

「是的。」萊爾德說。他倒是很樂意把注意力集中在右腿上，這樣，那雙蒼白的手就不會在腦海中閃現了。

這是他向列維提議的。

兩人還在崗哨深處的時候，列維探究地盯著他，眼睛中帶著少見的熱忱，卻也同時顯得無比寒冷。

列維對他說，過去了這麼多年，你應該已經不害怕我們了吧，但現在我必須找到讓你非常痛苦的方法，你可能會又開始怕我。

他帶著笑容說這些，令人背後汗毛豎立。但萊爾德沒有移開目光，反而直視著列維的眼睛。因為，當時他只能看著列維。如果他看向別處，他就會看到足以令人崩潰尖叫的畫面，那不是圖書館，也不是單純的屍堆野塚，而是他根本無法形容的東西。

如果他閉上眼，他就會看到黑暗中伸過來一雙蒼白的手，女性的手，它每靠近一分，他的靈魂就被絞緊一分。

他對列維說：「我不會害怕你的，從一開始就沒怕過。對了，我有個辦法，骨折之類的怎麼樣？不會流什麼血，不會從身上掉下肉塊來，而且很痛。」

列維一本正經地說：「你曾經骨折過，你從醫院的窗戶跳下去過。現在你的閾值提高了，真的還有用嗎？」

萊爾德想了想，提議道：「那次我傷得並不重，甚至還能爬起來呢。一點點地骨折，你看怎麼樣？慢慢來，如果不行，就在別的部位繼續。」

然後……我到底是怎麼骨折的？萊爾德有點想不起來了。他好像根本沒看清楚。

他只記得，商量過之後，他的右腳從腳趾開始，骨頭一點點地，慢慢地，開始在體內碎裂。

在萊爾德的記憶裡，他一直保持著站姿，看著周圍不停扭動變換的物體。視覺捕捉到某些形體，大腦還來不及判斷它是什麼，形體就又離開了可視範圍，大腦迅速把它忘掉，接著下一個畫面又湧入腦海……就這樣連綿不絕，此消彼長。

到最後，萊爾德肯定不是靠自己站立的，他的雙腳都離開地面了……他不禁疑惑，是列維把他舉起來了嗎？列維有這麼高大嗎？還有，用什麼工具才能做到如此順利地壓碎人的骨頭？

萊爾德不知道過程持續了多久。他一直清醒著，直觀地認識到自己的閾值確實變高了。這應該和服藥有關。

他花了很久的時間，直到右膝開始粉碎……這時，他才終於看見了通向外面的路。

那是盤繞在一起的兩座樓梯，組成纖細的雙螺旋形，它被吞沒在交談著的血肉之間，要穿過人們的眼睛和牙齒，扒掉厚厚的血塊，撕開幾分鐘前剛長在一起閉攏的白膜，聆聽著無處不在的低語，才能勉強地擠過去，摸到那座樓梯。

樓梯是被柔韌的有機物質編織出來的，它也是活著的，而且還會伸出細如指頭的小手，每隻小手上都豎起皮刺，像五隻手指，它們在積液裡輕輕擺動，試圖呼喚崗哨深處的人，引起他們的注意。

它的聲音太小了，它自己也沉迷於閱讀和溝通。它的存在很難被發覺，大多數人都根本不會看到它，不會用它攀登上去，而是留在這裡加入崗哨。未來的某一天，那些人的一部分還會參與到編織它的過程裡。

看到第一個通道之後，萊爾德又看到了更多這樣的東西。原來，往返於崗哨淺層與深層的道路無處不在，只是平時根本看不見而已。

有些是帶有坡度的手臂，有些是低聲細語的繩梯，還有一些像蛛絲般細小，正在互相編織。

列維說那座雙螺旋樓梯太薄了，他可能上不去。他選擇了一條雖然看起來危險，但其實更加強韌的繩梯。

萊爾德昏昏沉沉的，問他為什麼會上不去？列維也說不出來，他就是非常直接地對它產生一種感覺，知道自己上不去。

萊爾德是被背上去的，雖然他不明白列維怎麼能一邊爬繩梯一邊背著別人，也不明白為什麼自己的手沒力氣抓緊列維，卻能被全程緊緊固定住。

列維也不知道是為什麼。上來之後，他也覺得很奇怪。他皺了皺眉，說「管它呢，這不重要」。

他們找到了那面寫著「勿視自我」的牆壁。原來直到這一帶都算是崗哨上層，如果從這裡繼續深入，才會見到大樹的根系。

牆壁附近是有其他通道的，當初他們在這醒來的時候，誰都沒看到別的路，只看到前面的黑暗。現在他們沿著通道往回走，卻能夠在路上看到一些人類曾經生活過的痕跡。

通道和房間的格局並不複雜，甚至還像醫院診間一樣排列得很整齊。萊爾德回憶著傑瑞和瑟西講過的經歷，真奇怪，為什麼他們會在這麼整齊、有規律的地方迷失三個月？

最後，萊爾德和列維找到了向上的樓梯間，是那種真正的人工建築樓梯。他們順著它一直爬上去，最終來到了方尖碑的頂部內層。

在整個上來的過程中，萊爾德痛得幾乎動不了，思維卻異常清醒。也許這是那雙視野中的手造成的，他的腦子被痛苦和那雙手占滿了，完全容不下別的東西，它牢牢地攫住他的意識，讓它想要飄離都不行。

「做得好。」雷諾茲的聲音傳來，把萊爾德的思維拉回當下。

萊爾德望著他，發現他的身體少了很多塊，黑布條也隨之減少了，鳥嘴面具倒是還在原位。

牆壁上的方孔裡透出光亮。雖然外面的天空十分陰暗，但還是比室內亮一些。萊爾德看向方孔，正好看到一團黑色從那裡鑽了出去，在牆壁外側發出蠕動時的摩擦聲。

原來那個是你啊。萊爾德把目光收回來，落在鳥嘴面具上。

原來之前我把這樣的東西看成了烏鴉。不知別人會把它們看成什麼？如果我不說那是烏鴉，他們會看到其他東西嗎？

雷諾茲沒有回應他。也許雷諾茲仍然算是人，而人的注意力是有極限的，他的一部分鑽出去了，他應該是正在分心觀察什麼別的東西。

下方傳來細小的「劈啪」聲，立刻吸引住萊爾德的注意力。聲音有點耳熟，好像在哪裡聽過類似的響聲……

當他看到肖恩手裡的東西，他立刻就想起來了，那不是列維的電擊器嗎？當初，從吃人的峽谷爬出來之後，列維要去前方探路，因為不想把槍交給小孩子，他就留下了電擊器給肖恩。

肖恩左手拿著電擊器，試著放了一下電，他面向列維，斜著慢慢移動腳步，就像在觀察什麼極為危險的野獸。

列維手裡有槍，當然不會害怕一個少年，但肖恩的態度實在古怪，對列維來說，此時他感受到的疑惑要大於敵意。

「你在幹什麼？」列維一邊問，一邊打開了槍的保險。

你還真的想對他開槍啊？萊爾德忍不住說。說完之後，他才意識到自己根本沒發出聲音來。與雷諾茲溝通的時候他也一直沒出聲，現在他一時竟然忘記了正確的說話方式。

他深吸一口氣，終於發出聲音，「你們到底怎麼了……肖恩，列維？」他的聲音十分虛弱，幸好這裡十分安靜，否則別人可能根本聽不見。

肖恩抬頭看了他一眼，「你看不見嗎？不，你應該能看見才對啊。」

「看見什麼？」萊爾德用力加大一點音量。也不知怎麼回事，大聲說話竟然也會讓身體上的疼痛加劇，喉嚨每次震動都撕扯著胸口，那種熟悉的、由內至外的撕裂感又開始浮現出來了。

列維向前走了一步。肖恩說：「如果情況允許，我並不想和你發生衝突。坦白說，我應該根本沒辦法與你對抗。我只是想帶傑瑞離開。」

這句話挺莫名其妙的，但列維並未表示疑惑。他看了一眼被掛在高處的萊爾德，「肖恩，萊爾德自己走不了路，是你把他弄到這裡來的？」

肖恩說：「傑瑞和瑟西在哪？他們還活著吧，還好，我想你應該不至於瘋到濫殺無辜。」

列維隨意踢開一塊地上的木板，「如果你有辦法離開，就離開吧，能不能成功都靠你自己。我還有我的事要辦。」

有點不對勁……萊爾德強撐著精神，聽著這兩人說話。

雖然你一言我一語，但這根本稱不上是「對話」，他們根本是在自說自話。或者可以說，更像是兩人在分別與其他人講電話，交談對象並不是眼前的人。

肖恩說：「我得去把傑瑞帶來。或者你把他帶來也行。」

「你知道這裡是方尖碑的頂部嗎？」列維問。

肖恩說：「原本我打算和他一起下去，所以需要讓他變得和我一樣，這樣我們才能成功。」

列維說：「是的，我讀到過，但我調取不了，我無法確認這能成功。」

「我只是需要萊爾德，不需要帶他走。用完就還給你。但他自己又會怎麼選擇呢？」

你們兩個到底在說些什麼……萊爾德再一次無聲地吶喊著。

這次他並不是忘記出聲，而是根本發不出聲音了。身體上的痛苦越發強烈，他能保持神志清醒、聽清他們的每句話就已經很吃力了。

這兩人……他們說的話完全對不上，但竟然能這麼若無其事地交流，你有來言，我有去語，誰也沒有指出對方答非所問，還能順利溝通。

萊爾德隱約想到一個可能性……也許他們的交流方式已經變了，他們能夠聽到彼此想表達的真實意思，但又仍保持著過去的說話方式，習慣性地說出語言。這時候，他們產生的交流是一回事，嘴巴說出的語言又是另一回事。

即使交流方式和效率都升高了一個層面，人仍然會習慣性地保留低層面的交流習慣。在沒有語言的時候，人們靠肢體動作、聲音語調、神態等等進行交流。有了語言之後，這些東西也並未被完全廢棄。

兩個人一邊交談一邊比手畫腳，這是很常見的畫面。這時，如果從畫面上強行刪除他們所說的語言，連唇語都無法讀取，只保留他們的表情和手上的比比劃劃……旁人是很難聽懂他們在說些什麼的。

也許，肖恩和列維那些答非所問的「語言」，就等於是平時人們的「表情或手勢」。如果只看聳肩、皺眉、攤開手，你會很難搞懂對方真正要表達的意思，只能猜到一點大致的含義。

萊爾德也只能這樣亂猜，他必須找點事情來想。

他的注意力好幾次被打斷。眼前的畫面一次次變成那雙黑暗中的手。他更拚命地集中注意力，死死盯著肖恩和列維。

列維又向前走，肖恩拿著電擊器進行威脅……

那雙手一上一下，右手摸了他的臉……

列維抬頭看了這邊一眼……肖恩說不相信他，真奇怪，列維好像並沒有承諾什麼事情，又何談相不相信？

牆外面有聲音……出入口那邊也有聲音……是瑟西或者傑瑞過來了嗎？還是什麼別的東西……

右手摸了他的臉，又收回去，握成拳……那雙手顫抖著往回收，像是在擦拭眼淚……

外面是什麼聲音？房間裡是什麼聲音？

那雙手又靠近過來了，它拿著什麼？

視野裡的事物在飛速切換，連同其他感官一起，形成一種高速閃爍的效果。

萊爾德的眼睛再也看不清任何東西，身體也輕微抽搐起來。再睜開眼時，他撲倒在潮溼的地面上，衣服前襟沾滿血和泥土。

他飛快地爬起來，頭也不回地繼續奔跑，直到看到前方站著的那個人……是個挺年輕的金髮女人，身上也是髒兮兮的，十分狼狽。她的姿態有些畏縮，似乎在猶豫該不該轉身離開，最終，她堅持留在原地，蹲跪下來，向萊爾德伸出手。

她臉上的眼淚和融掉的化妝品混在一起，她的眼神中寫滿恐懼，嘴角又掛著微笑。

萊爾德恍恍惚惚地繼續靠近她。她繼續張開懷抱，卻閉上了眼睛。

他看不懂她的表情，像是久別重逢的喜悅，又像是直面死亡時的絕望。

他沒能靠近她，有什麼東西攔住了他……或者是絆倒了他。他能夠感覺到自己在掙扎、在尖叫，他的目光一直停留在那個女人身上，在她身後，有一個身形漸漸浮現出來。

那個人對跪在地上的她伸出手。她抬起頭，背過身去，萊爾德看不清她的表情。

她的手很瘦很長，骨節分明，而另一個人的手更柔軟，更嬌小，上面沒有任何血跡與汙垢。

視野又突然一片漆黑。那雙惡夢般的手穿透黑暗，近在眼前，纖細的手指在萊爾德眼睛前徐徐晃動，指尖和甲縫裡還殘留著泥土……

萊爾德身體一翻，從橫梁上滾了下去。

列維敏捷地兩步跨過去，順利接住了他，自己則被撞得坐在了地上。

因為跌落，萊爾德重傷的右腿形成了更加扭曲的角度，照理來說這種劇痛是常人無法忍耐的，但他並沒有因此慘叫。他躺在列維懷裡，眼睛直直盯著上方……也許對他而言那是前方。

他渾身顫抖、抽搐，嘴巴微張，喉嚨裡傳來乾燥而細小的聲音，就像是人缺氧或被扼住脖子時的聲音。

肖恩站在旁邊，「癲癇發作嗎？」

列維搖搖頭。

肖恩擔憂地盯著萊爾德——不能讓他出事，我們需要他頭腦清醒。

列維當然也知道。萊爾德可以用痛苦來提升敏銳，但這必須是在他意識清醒的狀態下。不過，現在到底什麼才算是「清醒」呢……列維也分不太清楚了。

總之，萊爾德不能瘋掉，不能變成像艾希莉那樣無法溝通的狀態，否則他的獨特能力很可能就再也發揮不出來了。

列維已經認出了這種反應。這不是癲癇發作。很多年前，在蓋拉湖精神病院裡，他親眼看過萊爾德出現同樣的症狀。

一開始大家也以為是癲癇發作，後來各種檢查都證明這並不是。症狀出現的原因尚不明朗，但有一件事，實習生和導師倒是都心知肚明——萊爾德在入院前從沒有過類似病史，他第一次出現此種症狀，就是在經歷了催眠和意識探知之後。

直到離開醫院，實習生也沒有搞懂萊爾德這個症狀的成因。

不過，列維倒是還記得應該怎麼為他緩解。

SEEK NO EVIL

CHAPTER TWENTY FOUR

【離鄉】

列維收緊雙臂，把萊爾德整個人緊緊抱在懷裡。萊爾德的下半身幾乎不能動，自己無法用力，所以列維就要更用力一些。他需要把萊爾德的臉貼在自己的肩窩，要貼得很緊，要到讓人睜不開眼、說不出話，連呼吸都有點難的程度。

他的手臂要勒得很用力，哪怕力氣太大弄痛對方也不要緊。總之，這種擁抱要非常明確，非常有存在感，他的身體要「打敗」迷離的幻象，像牆壁一樣，擋住萊爾德一路飛奔的意識。

很多年前，第一次面對此種狀況的時候，實習生也不知道應該怎麼辦。萊爾德疑似癲癇發作，實習生觀察著他，忽然有種感覺。這個孩子看起來像在奔跑，他的身體動不了，或者說，身體各個部位都無法協調。

他只能在原地抽搐掙扎，但神色卻像是在盯著某種目標。從他細微的動作看，他既拚命，又遲疑；既嚮往著「前面」的某種事物，又不知因為什麼而驚懼後退……患者萊爾德的手在偶然間做了個動作，就像是想擁抱某人卻不敢上前，或者不能上前。於是，實習生靠近他，把他從斜靠的病床上扶起來，把他抱在懷裡。

這個反應只是一時興起，實習生並沒有考慮太多，更不認為這對安撫實驗對象有什麼幫助。誰知，萊爾德竟然真的漸漸平靜下來了。

萊爾德並沒有醒，他在並不清醒的狀態下回抱了實習生，死死窩在實習生懷裡，就像是貪戀著什麼失去已久的東西。

不久後，他的手失去了力道，整個人重新陷入平靜的昏睡，然後才慢慢地真正醒過來。

這次也一樣。

一開始，萊爾德的身體仍在抽搐、扭動，列維把他的頭壓在自己的肩窩，手握著他的後頸，手臂壓住他的背。漸漸地，萊爾德不再亂動，但身體還是很緊繃，有些僵硬。

又堅持了一小段時間後，僵硬消失了，他的肌肉明顯放鬆下來，整個人變得柔軟許多，呼吸節奏也緩和下來。列維回憶著從前的做法。先不要放手，還得再堅持一下。

懷裡的「實驗對象」撲進某人的懷抱，跑向了他既嚮往又害怕的地方。

那雙臂彎沒有傷害他，反而緊緊地擁抱他。於是他慢慢平靜下來，沉入無夢的黑暗。

萊爾德平靜下來後，列維才注意到另外兩件事：肖恩又不見了，他一定是趁剛才跑了出去。以及，攝影背心胸前的口袋裡，追蹤終端機正在發出極為尖銳的警報聲。

這是從前沒出現過的警報類型，比在傑瑞家浴室聽到的那種更短促、聲音更大。他掏出儀器看了一下，螢幕上兩個定位標幟之間的距離近得驚人，幾乎馬上就要重疊在一起。

萊爾德也被這聲音吵醒了。這次是真正的清醒。

他猛地睜開眼，一把抓住列維手裡的儀器，動作快得像條件反射。接著，因為右腿的嚴重骨折，他又痛得渾身一顫，連抬起來的手都縮了回去。

萊爾德雙眼盯著高處，大罵了幾句髒話，聲音卻小得可憐。列維心想，看來他是真的醒過來了，不知道這次能堅持多久的時間，說不定過不久又要失控。

列維讓他枕在自己的手臂上，「你聽見了吧，這是不是代表她靠近了？」

萊爾德一臉冷汗地點頭，說話有點不順暢，「是……怎麼回事？怎麼……肖恩……傑瑞……」

「再等一下我們就去找伊蓮娜。我答應肖恩讓你幫他的忙了，所以，再等一下。」列維把儀器收好，他不知道怎麼關掉警報，於是就乾脆不管了。

萊爾德剛想再問什麼，門外傳來一陣吵鬧，聽起來是肖恩和瑟西的聲音。

同時，建築物牆壁的外側響起一陣拍打與摩擦聲，聲音從疏到密，連綿不斷，雨點般此起彼伏。就像是盤旋的鳥群撞在外牆上，然後在牆壁上拖行自己的屍體。

幾團黑色物質鑽進高處的方孔，蠕動著爬向雷諾茲的面具。布條一根根從高處垂下來，在半空扭結成一團，肉塊沿著布條鑽進去，鳥嘴面具從橫梁滑落，倒著卡在布團末端，形成一個倒吊著的戴面具人形。

「我從沒有見過這樣的情況……」雷諾茲的聲音又回來了，「她……她來過，她回來了，她……」

「你說的是誰？」列維問，「導師伊蓮娜・卡拉澤嗎？」

雷諾茲說：「我並不知道她的名字。」

「我換個問法……你在外面看到了什麼？」

「一個女孩。」

這個回答有些出乎意料。連萊爾德都停下了呻吟，渾身緊繃地看著鳥嘴面具。

「什麼樣的女孩？」列維問話時，瑟西從門口撲了進來。

她不受控制地打了兩個滾，摔倒在地，頭上還掛著彩，最後正好趴在倒吊的面具下方。

確切地說，瑟西是被肖恩推進來的。在這之前，她把昏迷的傑瑞扶起來，把他的手臂掛在肩上，想帶著他尋找出口。就算瑟西再有毅力，她畢竟不是專業人員，只是普通的中年主婦，而且在這之前她也受了傷……要獨自移動一個昏迷的青少年，這對她來說還是太難了。

她走得很慢，幾乎是靠著牆慢慢挪動，肖恩找到她和傑瑞的時候，她不但體力透支，而且手無寸鐵，只能眼睜睜地看著肖恩把傑瑞搶過去扛在肩上。她撲過去抓住肖恩，肖恩就乾脆拖著她一起往回走。

到了方尖碑頂部房間的門口，肖恩用膝蓋頂了一下瑟西的背，粗暴地把她推了進去。這個時候，她正好聽到列維在對什麼人提問，還說到什麼女孩。

原本瑟西會在摔倒後立刻跳起來，現在她卻趴在原地，愣愣地盯著房間中心懸掛的面具。

瑟西大聲問：「什麼……你們誰看到女孩了？是個年紀很小的女孩嗎？看起來六七歲，黑頭髮……」

雷諾茲回答了她，但她聽不見。列維替雷諾茲轉述：「不是。」

瑟西坐在地上，嘆了口氣。徘徊在這附近的女孩子，如果不是米莎……那就要嘛是列維想找的人，要嘛是已經變成怪物的艾希莉吧。

她轉頭看向其他人，列維半跪著，表情輕鬆閒適，好像超脫於一切之外；萊爾德躺在他臂彎，臉上掛著血跡，眉眼皺成一團，右邊小腿和腳踝扭成怪異的角度，讓人看了心驚膽戰。

肖恩扛著傑瑞走進來，把傑瑞放在牆邊。傑瑞好像有點醒過來了，因為受過電擊，他神色恍惚，而且沒什麼力氣。他掙扎著想起來，肖恩一隻手就把他按回了原地。

瑟西無助地看著他們。這四個年輕人都變得非常陌生，和她遇到他們的時候截然不同。

無論是令人恐懼的肖恩和列維，還是看起來情況不妙的萊爾德和傑瑞……她忽然有一種怪異的感覺，覺得他們都在向看不見的深淵滑坡，只有她還一心抓著向上攀爬的石頭，不想往下落，也無力向上爬，只能留在原地，孤立無援。

她試探地問列維：「接下來我們應該怎麼辦……」

列維對她微笑，這種笑法有點類似當初他假冒派對攝影師的時候，但此時此刻，瑟西總覺得他渾身透著一種詭異。列維說：「先讓他們走吧，我們不走。我們去找伊蓮娜。」

「誰要走？走去哪？」瑟西問。

列維抬頭，環視這間縱向豎高的尖頂房間，視線掃過每個昏暗的角落，最後停留在懸掛的面具上，「雷諾茲，有兩個人離開過崗哨，一個是直接走出去的，一個是在方尖碑裡消失的。」

雷諾茲回答：「正是如此。看來其他書頁也還記得這一點。」

「建造第一崗哨花了多久？生活區域先不論，只是建好這個方尖碑形狀的塔，又用了多久？」

「很抱歉，我無法確定具體耗時，我只能大致記得，至少有上百批次的拓荒者先後到達，沉澱於此，最終才有今日的崗哨高塔。」

列維點點頭，露出十分明朗的笑容，低頭看著躺在自己懷中的萊爾德，「你聽見了嗎？想像一下，在我們熟悉的環境裡，如果要讓一群又盲又聾啞的人建造一個這樣的地方，肯定會非常困難吧？那麼，在這裡也一樣。照理來說，崗哨只是修整與交流的基地，拓荒者們能有個差不多的庇護所就夠了，為什麼要費這麼大的精力，前仆後繼地建造一座如此高大的地標性建築？你知道這是為什麼嗎？」

萊爾德十分痛苦地在腦中回答：我他媽不知道……你的語氣為什麼這麼輕快，句子末尾的音調為什麼老是往上挑，就像在幫低年級小朋友上課一樣……你這樣太噁心了吧，還不如變回從前那個刻薄、冷酷、不尊重人的……還有什麼來著，這個人還有什麼罪名來著，好像還有停車不熟練……我想不起來了，太痛了，根本無法想這些事情……

他想靠回憶有趣的事情分散對疼痛的注意力，但這不太管用。也許只有靠恐懼和更大的痛苦才可以。

萊爾德沒有答出聲，列維就當他已經回答了。瑟西和靠在牆角的傑瑞屏息盯著列維，對他想說的事情非常有興趣。

列維指了指天花板最高處，那是方尖碑尖頂的內部。

「因為這裡有路，」他說，「雖然他們回不去，但他們知道，這裡有路。即使他們自己做不到，他們也要指引別人做到，他們要讓道路的入口看起來顯眼一些。我猜，整個第一崗哨就是明確的路標，這座塔就是道路的起點。」

肖恩接上他的話，「我也一直在琢磨這件事。所以我需要萊爾德。」

被多次點名的萊爾德無力參與對話，只能暗暗想著：原本我還以為你們兩個快要打起來了，還糾結著到底應該更擔心誰……現在你們又突然變成好朋友啦？

「好的，」列維似乎是在對肖恩說話，但他一直低頭看著萊爾德，「我知道應該怎麼做。」

萊爾德自己也明白了。

他用了很大的力氣才說出聲音來，「記著……我不能昏過去。我還得能說話，眼睛能看見東西。」

「會的。」列維摸了摸他的額頭，拂開沾著冷汗的額髮。

這一刻，萊爾德恍惚覺得自己回到了蓋拉湖精神病院，剛剛撐過一場難以描述的惡夢。

那時候實習生也會像這樣守在他身邊，摸摸他的額頭，跟他說一些與醫療無關的話題。

與此同時，肖恩拿走了列維的手銬，走到瑟西身邊，把她銬在牆角的一根立管上。瑟西拚命掙扎了，但沒有槍的她終究不是年輕男性的對手。

剛醒來的傑瑞想去幫瑟西。他自己也狀態堪憂，本來就沒什麼力氣，在他試圖撲到肖恩身上時，肖恩竟然毫不留情地直接把電擊器捅在他的腹部。

那是列維帶來的電擊器，能調節強度，所以這次傑瑞沒有昏倒。他蜷縮倒地，無法動彈，連伸手拉住肖恩的衣服也做不到。肖恩把手銬鑰匙扔給列維，然後回到傑瑞身邊，默默看著列維與萊爾德。

雷諾茲的鳥嘴面具仍然掛在橫梁中心。他保持著沉默，卻在源源不斷地散發出不安和恐懼。列維、肖恩和萊爾德都感覺得到。

萊爾德在心中對他說：別怕，我知道怎麼處理這些事。

雷諾茲沒有回答。也許他的思維已經轉移去了別處，也許他陷入了回憶，正在無法自控地重播自己駐守於此的每一年，以及逐漸被切成碎片的全部過程。

列維起身離開了片刻，去另一個房間拿來了肖恩準備的小推車。推車上放著托盤，裡面有碎冰錐、錘子之類的工具，還有生鏽的長鐵釘、縫合針、幾種不同型號的手術刀等等。這些東西都十分陳舊，上面還帶著疑似陳年血汙的痕跡。

列維抽出了腰間的皮帶，把它折起來塞進萊爾德嘴裡。萊爾德十分順從，不僅不掙扎，目光中還透出一種詭異的信任。

肖恩把傑瑞壓在地上，捂住了他的眼睛。其實即使不這樣做，傑瑞也沒有力氣跳起來搗亂。

傑瑞的身體麻痹，眼睛也被遮住了，但聽覺依然正常。很快，他聽到了斷斷續續的嗚咽聲。是萊爾德的聲音。

聲音很怪異，並不是傑瑞在影視和遊戲裡聽到的那種慘叫哭喊，他從沒有直接聽過熟悉的人發出這種聲音。

肖恩感覺到掌心溼溼的。他沒放手，仍然捂著傑瑞的眼睛。

「你們到底要幹什麼！」被銬著的瑟西怒吼著，「你們到底有什麼毛病！求你們清醒一下！」

她不再看著肖恩，而是盯著房間中心的列維和萊爾德。

她尖叫著拚命掙扎，不顧手腕被勒出血痕，其實她也知道自己不可能掙脫手銬，但她就是無法平靜地看著這一切。雖然這個奇怪的世界已經很瘋狂了，但她之前從沒這麼害怕過。哪怕是遇到怪物的時候也沒有。

她想起很久之前，自己和丈夫尼克還未結婚的時候，兩人在約會時有過一次閒聊。他們兩個都是求生和科幻題材的愛好者，聊天內容也多半都是關於這些東西。

當時，尼克說過這麼一段話：哪怕環境再恐怖，怪物再多，即使人會被變成喪屍，地球也不會變成地獄。地獄是什麼呢？是你身邊的人變成惡魔了，而且他們是清醒且自願的。

當時瑟西與他深入探討這個觀點，尼克舉了一個很恐怖的例子，他說：妳想像一下兩種情況。第一種，我和妳住在一起，我們的房子外面來了一群喪屍，我們得堵住門，拿起槍，只靠兩個人對付它們全部；第二種，某天早晨妳醒過來，一切如常，但我用手槍頂著妳的頭。

——妳覺得哪種更恐怖，更像下了地獄？

當時瑟西確實被嚇到了，但沒有表現出來，她只是繼續與尼克談天說地，這個話題就被帶過了。

今天瑟西意識到，自己親眼見識到了這種地獄。

她想閉上眼，又忍不住要盯著一直看。血沿著地磚的縫隙蔓延到她腳邊，空氣中瀰漫著的味道讓她開始乾嘔……最後，她不再掙扎尖叫，只是低著頭哭泣。

萊爾德的聲音也很小，不仔細聽根本聽不到。房間裡彷彿只剩下一種聲音，就是追蹤終端機發出的警報聲。

它保持著急促而尖銳的狀態，通常這樣的聲音會令人焦躁不安，但這裡的每個人都無比沉靜，幾乎完全無視了它的存在。

萊爾德眼前出現了高頻率閃爍的光。

他看不見列維．卡拉澤了，只能看見身邊聚集著某種龐大的實體。它的形態實在難以描述，萊爾德無法用任何他已知的事物來比喻。

他見過這個東西，十幾歲的時候就見過。不久前也才剛見過幾次。

曾經，他會因為面對它而陷入瘋狂的驚恐，但現在他不會了，他沒有力氣去害怕。

他執著地盯著光源，試圖從那看出點什麼來。漸漸地他發現，那不是光源，只是他自身生理原因造成的幻象，而他真正要尋找的東西在幻象之外。

幻象引領著他。他既要抓住幻象，作為保持專注的錨點，又要遮蔽幻象，去觀察那些閃光後面的物體。

光源四散開來，形成了一片薄幕，布幕近在咫尺，觸手可及……不，它比這更近，近得就像蓋在身體上的毯子，就像布滿汙漬的裹屍布，就像放大無數倍的皮膚。

每一個皺褶與毛孔都是一顆星辰，星辰撒滿視野，向上升起，從肌膚一直升入深空。

萊爾德慢慢舉起一隻手，徒勞地跟隨著星辰遠去的方向。人的手臂這麼短，怎麼可能抓住大氣之外、宇宙之外的光芒，但他好像真的抓住了什麼。

一開始是細細的絲線，後來好像是繩子，草編的繩子……不，又好像是柳條？藤蔓？樹枝？他摸到了植物特有的枝節，還摸到了帶著潮溼氣息的樹葉。

「我看見了。」他帶著血跡的嘴唇露出微笑，眼睛睜得越來越大。

列維順著萊爾德的視線望去，也看到了同樣的東西：一道爬滿了植物的矮牆。

肖恩放開了傑瑞，輕輕走到萊爾德身邊，望著同一個畫面。

「這是愛芙太太家外面。」肖恩說。

列維不認識什麼愛芙太太。肖恩微笑著解釋：「她的院子裡有個小果園，種了好多種東西。小時候，我和傑瑞經常去她家偷草莓。」

他順著矮牆走了幾步，繞到了轉角後面，看到了熟悉的木板牆，「這裡有個狗洞，小孩能勉強鑽進去，大人不行。愛芙太太有三隻小狗，別看牠們小，但是特別凶，我和傑瑞都要被嚇死了。」

他又回到正面的院牆，牆上垂下綠油油的茂密枝葉，枝葉間還開著不同顏色的小花。

肖恩摸到了樹葉，滿意地笑了笑。他回頭看看萊爾德，「你也來過這裡嗎？」

萊爾德確實去過愛芙太太的家，但他沒偷過草莓，也沒面對過院子裡的三隻狗。

他不記得自己第一次拜訪愛芙太太的經歷，那時他太小了，根本還不記得事情，這些都是後來愛芙太太告訴他的。那時他母親柔伊還沒離婚，她經常帶著萊爾德來找愛芙太太。在松鼠鎮，愛芙是柔伊唯一的朋友。柔伊母子是從正門進去的，他們沒有被狗凶過，當年愛芙太太的狗也不是三隻吉娃娃，而是一隻白色的長毛梗犬。

後來，父母離婚，萊爾德離開了松鼠鎮一段日子。接著，母親柔伊失蹤了，他又回到了父親的家裡。這之後，他又去過愛芙太太家一次，愛芙太太和他講了一些他小時候的事情。

他對愛芙太太的印象並不深，長大之後，他已經不太能想起那個人的長相了。他確實還記得那座精緻的小庭院，但是每當回憶起它，能夠首先想起來的並不是愛芙太太，而是母親柔伊的模樣。

柔伊的相貌永遠定格在三十歲左右，金髮，瘦高，戴著粗框眼鏡。萊爾德對她的印象大部分都來自照片，只有小部分來自記憶，所以他的母親不會動，也不會說話，她永遠只會遠遠地看著他，笑容中有一種疲倦的疏離感。

萊爾德盯著愛芙太太的院牆，突然有種想要走過去的衝動。

也許只要走過去，他就會看到一隻白色的長毛梗犬，牠懶洋洋地趴在房子門口的木頭樓梯上，柔伊會直接從牠身上邁過去。屋裡的愛芙太太還很年輕，也就比柔伊大個兩三歲，柔伊和她的聊天內容十分無趣，萊爾德根本聽不懂。他只是在一旁看著她們，度過一個令人打瞌睡的下午……

萊爾德想，我好想就這樣一直看著她們。

列維握住了他伸向前方的手，讓它輕輕放下來。

「我們不過去。」列維攬著他的肩，在他耳邊說，「我們還要去找伊蓮娜。」

萊爾德清醒過來，咬著牙點了點頭。

「你怎麼樣，還受得了嗎？」列維問。

萊爾德想回答，但他說不出話。列維又摸了摸他的額頭，就像對待小時候的萊爾德一樣。摸上去之後，列維才發現自己的掌心沾滿了萊爾德的血，這樣一來，他把血又抹到了萊爾德的頭髮上。

他抓起萊爾德長袍的下襬，用它來擦拭手上的血，沒想到越擦越多。那片布料已經被徹底浸溼了，因為它是黑色，所以猛然一看不太明顯。

列維發現萊爾德竟然在笑，也不知是不是在笑他的這一串動作。

「虧你還笑得出來。」列維說。

忽然，他感覺到了萊爾德的回答，不是聽見，而是直接感知到他想說的話。

萊爾德看著他，沒出聲，語言浮現在他心中：「你還記得四年前那天，我對你說過什麼嗎？」

列維抬頭看了一眼房間高處，雷諾茲的面具掛在那，眼孔對著他，形成一個傾斜的角度。他這才意識到，是雷諾茲接收到萊爾德的思維，又把這思維傳遞給了他。

萊爾德自己可能都沒意識到這一點，他覺得自己在說話，根本意識不到自己沒有發出聲音。

列維在心中感慨著。雷諾茲是個信使，信使們負責在導師和獵犬之間傳遞資訊，也負責建立起學會成員與一般人員的情報聯繫。從這一點來看，此時雷諾茲的「中轉」能力也是信使工作的一部分。雷諾茲實在是十分敬業，而且還挺像個路由器。

列維看著萊爾德，「你說什麼四年前？四年前我們調查那棟鬼屋的時候嗎？」

萊爾德回答：「對，就是那次。走出那棟房子之後，你對我說『滾，我才不信什麼靈媒』。然後我是怎麼說的，你還記得嗎？」

列維還真的記得一點，「你對我說……『你怎麼這麼凶，一定是個假的地產仲介』？」

「不是這個，下一句。」

列維說：「然後我直接上車把車門關上了，你在外面還說了什麼嗎？我沒聽見。」

「你竟然沒聽見！當時我說了，你不會後悔和我做搭檔的，你早晚會有非常需要我的時候。」

萊爾德臉色蒼白，表情呆滯，眼睛裡倒是氤氳著柔和的笑意。列維也笑了笑，說：「我真的沒聽見。我怎麼知道你當時有沒有說？也許你是現在才編出來說著玩的，好顯得你多麼有先見之明似的。」

「我都這麼慘了，哪還有力氣撒這種無聊的謊。」

「那可不一定，你小時候還故意騙我說歌詞裡的『蒂芙尼』是個幾十年前的好萊塢女演員呢。那時候的你不慘嗎？還不照樣是個小騙子。」

在他們兩人自然而然地對話時，被銬在牆角的瑟西一手捂著嘴，拚命忍耐著大哭的衝動。

在她眼中，列維剛剛對萊爾德造成了任何人都無法原諒的傷害，她甚至都不敢直視那個過程。現在，列維微笑著自言自語，萊爾德雖不說話，但同樣滿臉笑意……剛才肖恩把她銬在水管上，還用電擊器攻擊傑瑞，他冷漠地看著所有恐怖的私刑，現在還雙眼發直地盯著萊爾德和列維，似乎是在觀察什麼別人看不見的東西……

一系列詭異扭曲的畫面衝擊著瑟西的神經，她明知道這一切都不對勁，又說不出到底錯在哪裡。

這些事好像都特別順理成章，理所當然，沒人提出任何質疑，也沒有一個中立方可供求助。瑟西簡直懷疑這些都是自己的幻覺，是不是他們都沒事？其實瘋掉的是我自己？所以才會覺得眼前的一切不合情理……

肖恩向傑瑞伸出手：「傑瑞，過來。」

傑瑞剛才是爬不起來，現在他即使能動了也不敢亂動。肖恩乾脆去把他扶了起來，半拖半抱地拖到了愛芙太太的院牆邊。

「看到了嗎？」肖恩抓著傑瑞的雙肩，用力讓他站直，「我們能回去了。你看你，其實一切並不複雜，對吧？」

傑瑞怯怯地看著他，一言不發。肖恩一手攬著他，另一手觸摸到院牆上的樹葉，他甚至都聞到了植物散發的清香，「就是這個。你嚇傻了嗎？你看，這裡眼熟不眼熟？」

傑瑞看不見。

他什麼也沒看見。只看到肖恩伸出手，摸著空氣。

不過他能隱約猜到，大概是列維、萊爾德和肖恩都看見了某些東西。不用他們說明，從他們的神態就能猜出這一點。但傑瑞確實什麼也沒看見。

這一點和過去不太一樣……傑瑞還記得他們曾經的遭遇：肖恩看見浴室裡的門，於是他也跟著看見了；肖恩感覺到無邊的草原裡有異常動靜，於是其他人也跟著感覺到了……現在好像不行了？肖恩在說什麼東西？萊爾德在看什麼？

傑瑞已經不太敢和肖恩說話了。他有點想向萊爾德求助，可是萊爾德的狀況……他還能說話嗎？他還能正常思考嗎？傑瑞甚至不敢低頭去看他。

見傑瑞毫無反應，肖恩乾脆抓起他的手，讓他也去觸摸愛芙太太的院牆。他把傑瑞的手放上去，傑瑞的手穿過了樹葉。

肖恩一愣。他放開傑瑞，傑瑞的手自然又垂落下來。在肖恩眼中，那隻手直接穿過牆壁，劃了道弧線，回到傑瑞身側。

「你看！就在這……」肖恩有些急，他抓著傑瑞的後頸，按著他的頭去感受那面牆。可是傑瑞還是什麼也看不見。他根本不明白肖恩的意圖，不敢動，也不敢問，只能咬著牙發抖。

肖恩抬起頭，望向雷諾茲的面具。

從前雷諾茲提起過，能夠回到低層視野的人很少，可以說幾乎沒有。因為「嬰孩可以發育為成人，成人無法退行回幼年」。

某種意義上來說，一旦從普通的世界進入「不協之門」，可以說是有去無回。

只有極少數人除外，比如能夠「在不同層次的視野中穿梭」的人。即使是肖恩，也必須在這樣的人的協助下，才能看見這條退行回童年的路。

「我明白了……」肖恩抓著傑瑞的後領，粗暴地把他拖向一旁，「你看不見。我知道了……你必須和我一樣才能看見。」走了幾步，他看向瑟西，「妳是不是也看不見？」

瑟西既害怕又茫然，「看……什麼？」

肖恩了然地點了點頭，「果然是。不過反正妳不走，我就不管妳了。」

說完，他推了傑瑞一把，傑瑞跌倒在牆邊。之前，列維把肖恩準備的小推車推到了這間房間，推車上的托盤現在放在地板上，各種令人不忍直視的工具上沾滿了鮮血。

肖恩去挑了挑，拿起了他熟悉的長錐和錘子。

「看來，該費的力氣就是不能省。」肖恩一手拿著那兩樣東西，另一手又拿出電擊器。

傑瑞貼在石牆上，嚇得大叫起來：「你要幹什麼！別過來……肖恩！求你了，我不想這樣……」

肖恩慢慢逼近，「別怕，幾分鐘的事而已。這樣才能回家。」

「那我寧可不回家了！」傑瑞大吼道，「我不知道你到底怎麼了……如果你要幹什麼就自己去吧！我不和你一起了！我和瑟西他們一起行動……我……我要留下照顧萊爾德……」

肖恩試著捏了一下電擊器，調整一下強度。電光火花劈啪作響，傑瑞跟著顫抖不止。

「那可不行，」肖恩盯著傑瑞的臉，目光中充滿擔憂，「傑瑞，你還記得我們是怎麼認識的嗎？」

傑瑞小聲說：「記得啊……我們打了一架……」

肖恩說：「最後我們和解了，我對你道歉，但你不接受。你說我年紀大、個子高，這不公平。於是我提出了一個補償方案，從此以後，我負責保護你，我們永遠一起行動，不讓其他年齡大、個子高的孩子欺負你。」

想起這些兒時瑣事，傑瑞心中的恐懼也被沖淡了一點點。他抹了抹鼻子，眼睛有點發酸。

當年他確實被肖恩打了一頓，但肖恩不是故意欺負他，是他們因為某些不值一提的小事吵鬧了起來，最後發展到你推我我推你……後來，肖恩也確實遵守了承諾，一直在保護他。當然這不僅僅是為了打架而道歉，而是兩人已經成了真正的朋友。

傑瑞的表情有些放鬆下來，肖恩說：「我得帶你回去，傑瑞。我們要永遠一起行動，你忘了嗎？」

傑瑞左右看看，想從地上撿個棍子或者石塊什麼的，但他身邊什麼都沒有，他只能伸出手架在面前，「你別過來……我不想那樣，我會和你拚命的！我反悔了行不行？我不想和你在一起了……」

「沒關係，」肖恩笑了笑，「反正你都說了，永遠不會原諒我。我接受這一點。」肖恩打開電擊器開關，剛要邁出最後一步，列維不知什麼時候站了起來，拍了一下他的肩，叫住了他。

肖恩沒有回頭，他好像並不願意看列維，能少看一眼就儘量少看一眼。

肖恩說：「我在做必要的事。」

「我不管你這個。萊爾德有事想和你說。」列維拉著肖恩後退幾步，傑瑞暫時鬆了一口氣。

把肖恩拉到一邊後，列維叫傑瑞伸出手。傑瑞小心翼翼地伸出攥緊的拳頭，列維嘆口氣，把他的手指掰開，在他手心裡放了四片藥。

「是萊爾德叫我給你的，雖然這是我的東西……」列維說，「我負責為你們傳話，畢竟萊爾德發不出聲音，你又聽不見他說話。」

傑瑞心想，這不是廢話嗎？既然他發不出聲音，我當然聽不見他說話啊。

在傑瑞茫然時，尚恩走到萊爾德身邊。原本他們兩個之間是無法不出聲地對話的，現在他卻聽到了萊爾德的聲音。

他看了一眼吊在高處的面具，意識到是雷諾茲在為他們傳遞資訊。

萊爾德告訴他：也許你根本不需要那樣做。不要那樣對傑瑞，這個手術很危險。你先試試讓他吃掉那種藥。他從來沒有吃過，應該會對藥效很敏感。如果最後沒有效果，你再用那種方法也不遲。

尚恩問他：這是什麼藥？是會讓他變敏銳還是變鎮靜？

列維也聽到了這個問題，搶在萊爾德之前出聲回答了他：「應該說是既敏銳又鎮靜吧。那是神智層面感知拮抗作用劑，會讓他順從、接受。正常情況下只吃一片就可以，但要達到現在需要的效果，一片肯定不夠。我們可以讓傑瑞直接多吃點，當然了，短時間內服用這麼大的劑量，其實也是有一點危險性的。」

列維掏出一條被揉得皺巴巴的藥，上面已經空了。「原本這是為我自己準備的。但是對於現在的我和列維來說，這點藥可能根本改變不了什麼。」

周圍安靜了片刻，傑瑞怯怯地問：「什麼叫『你和列維』……你不就是列維嗎……」

列維笑了起來，「剛才忘了解釋，第一句是我說的，後半句是我在幫萊爾德轉述。」

肖恩表示可以接受這種嘗試。他催促傑瑞快把藥吃掉，如果不成功，他還可以繼續用老辦法。

比起被物理性地破壞掉腦子的一部分，傑瑞當然寧願吃來路不明的藥片。

他毫不猶豫地把藥吞下去，還沒過一分鐘，身體內部就浮現出一種奇妙的鬆弛感。這感覺令他想起野營遠足歸來，洗了澡，躺在自己熟悉的床上，身體還有些疲憊，但這種疲憊並不討厭，它能夠進一步襯托出自己的房間有多麼舒適。

之前的種種艱辛，比如野外的潮溼泥土、夜晚奇妙的動物鳴叫聲、爬進毯子裡的小蟲、老是綁不牢固的帳篷、難吃的罐頭食品……一切令人厭惡和恐懼的要素全都遠去。

它們是存在的，它們帶給人的折磨也是無法抹去的，但是……這都不算什麼了。現在傑瑞一點也不怨恨它們。

傑瑞對掛在高處的面具笑了一下。之前他沒留意到它，這地方奇奇怪怪的東西非常多，不差它一個。現在他忽然覺得它有點親切，應該打一下招呼。

他往前走了幾步，腳步有點虛浮，但還算能站穩。他指了指覆蓋茂密植物的院牆：「今天那三隻迷你地獄犬不在家吧？我們站得這麼近，都沒聽見牠們狂叫。」

尚恩走到他身邊，「我們回去吧。」

「回哪？那是愛芙太太家，不是我家。」

「先過去看一眼。」尚恩說。

傑瑞點點頭，覺得尚恩說得對，今天愛芙太太家裡沒有狗叫，還挺奇怪的，他們有必要去看一眼……

大家都在關注著愛芙太太的院牆，不只是尚恩，列維．卡拉澤也在看著那邊，萊爾德也是……萊爾德躺在地上，旁邊的地磚上全都是血，傑瑞自己的腳上也沾了一些。他低頭看，鞋子不是自己的，是他在斷崖底部的時候換上的，應該是羅伊的鞋。羅伊的腳比較大，鞋子不太合腳，這鞋應該給尚恩穿，不過對尚恩來說是不是又太小了？

傑瑞的思緒像水一樣流動，他自己則在其中浮浮沉沉。

這時，他隱約聽到有人在叫他，那聲音氣若遊絲，不仔細聽都聽不見。

他蹲下來，看著自己同父異母的哥哥。萊爾德好久沒出聲了，就像死了一樣，但在這個地方好像人是不會死的。

萊爾德的聲音太弱，說的話斷斷續續，太難辨認。傑瑞耐心聽了片刻，才聽出來他說的話。

「如果你能回到家，之後就不要找我們了。」

傑瑞努力思考，思考該如何回答。他似乎明白萊爾德的意思，又似乎不太明白，萊爾德說得對，又好像是錯的。

各種思路在傑瑞腦子裡亂飄，他想抓住一個來梳理一下，揉合成比較像樣的回答，但他一個也抓不住，那些想法就像四散奔逃的小蟑螂一樣，又快又多。

最終，他只能說出最直接的、不用思考太多的回答：「不行，我要找你。」

肖恩攬著傑瑞的肩，兩人站在愛芙太太的矮院牆旁邊。院牆對於小孩子來說很高，對體型基本上已經是成人的他們來說，就不再是什麼難以逾越的天塹了。

肖恩先撐著牆爬了上去，再對傑瑞伸出手，拉著他上去。傑瑞跨坐在院牆上，對萊爾德、列維和瑟西微笑著揮了揮手，就像在火車上揮別送行的親朋好友。

「我先回去，然後想辦法找你們。」

他和肖恩一起從院牆上跳了下去。世界是一片寂靜的黑暗。

SEEK NO EVIL

CHAPTER TWENTY FIVE

【長路盡頭】

烏鴉從方尖碑背後飛出來，從空中盤旋著下降，在建築投下的巨大陰影裡堆疊在一起，形成了身上裹滿黑色繃帶的人形。

最後一隻烏鴉銜著鳥嘴面具，落在人形的肩部以上，調整了一下位置，形成微微頷首的姿態。

雷諾茲看著拓荒者的背影，彎下腰，右手屈在身前，行了一個頗為古老的躬身禮。

雷諾茲自己並不能看見第一崗哨裡的路，甚至，他從前並不知道這裡有路。那兩個孩子消失在尖頂內的房間裡時，他目睹全程，卻看不見他們究竟走進了何處。

他根本沒有看到兩人是如何「消失」的。他意識到那兩個孩子「不在」時，這個「不在」的狀態已經持續了很久，雷諾茲沒有捕捉到他們離開的瞬間。

儘管他一直注視著室內的一切，但他就是沒有看見，就是沒有感知到。

這種體驗有些熟悉……他想起了很久之前——到底有多久，他無法判斷——他想起了第一次目睹有人從崗哨深層爬上來的那次。

成功返回的人有兩個，一個是學會的女性導師，另一個是對這些毫不知情的普通人。他現在回憶起的，就是那個普通人。

那人好像說過自己的職業，似乎是歌手……不，不對，是報社的人？也不對。

好像應該是作家、詩人。

詩人消失的時候，雷諾茲也沒有看到具體過程。儘管他一直看著那個人，一直與其保持交流，但是等他意識到此人的「消失」時，這件事已經發生了。他捕捉不到變化發生的瞬間。

詩人沒有離開第一崗哨，而是在崗哨內部消失了。

一直以來，雷諾茲並不明白這是為什麼，他也不曾去深究，因為他是信使。信差服務於獵犬與導師，而非服務於奧祕本身。

今天，他聽到了獵犬列維．卡拉澤的說法，覺得應該有道理。

獵犬說，第一崗哨不僅是藏書庫，更是一座極為顯眼的路標，拓荒者們先探索，再記錄，最後交匯、鑽研、驗證、互相傾聽知識……他們的最終目的是回到淺層視野，把掌握到的奧祕帶回給尚未啟蒙的同胞。也就是說，如果不回到淺層，任務只算是完成了一半。

拓荒者們早已找到了路，這條路就存在於第一崗哨內部……不，這有點因果倒置，應該是：正因為在這裡更容易看見路，所以一代代拓荒者們才前仆後繼，建設出極為顯眼的人工建築。

可是，即使這裡有路，絕大多數人都看不見。即使有人能隱約感知到，只憑感知也走不進去。

只有少數人能夠清楚地使用不同視野，那位名叫萊爾德·凱茨的青年就是這樣的人。還有，那個孤身離開的詩人也是這樣的天賦者。

萊爾德需要用巨大的痛苦來集中專注力，而詩人根本不需要這樣做。那個人能夠自由地使用不同層面的視野，而在低層視野裡……一般人會稱之為「在普通生活裡」，這種天賦可能會被定義為瘋狂。

詩人不知道學會的事，也不知道自己在崗哨深處讀到的東西有多麼偉大和重要，甚至不知道自己的天賦有多麼罕見。雷諾茲試著輔佐他，他卻一直覺得這一切都是幻覺，如果不是幻覺，那就是某種恐怖的、故意的折磨。

他一邊洞察真相，一邊自我欺騙，不斷進行著矛盾的對抗。

從前雷諾茲也見過這樣的人。進入崗哨的拓荒者們之中，大多數人都會因為審視自我與外界，最終在旋渦中崩潰。詩人也是如此，但他又與別人大不相同。

雷諾茲眼睜睜看著他的意識一步步分崩離析，可是，在他的每一塊碎片中，卻又保持著清醒與活躍的光芒。比如說，他會短暫失憶、無法分辨自我與他人、遺忘名詞、分不出距離與高低……可是他竟然一直沒有忘記如何思考。他可以在癲狂的崩潰中進行極為精確和優美的表達，還帶著玩笑的語氣對雷諾茲說：這一點，你也與我一樣，你也是從完整的形體變成了碎片，每塊碎片又各自保持著完整。

雷諾茲聽到詩人說的最後一句話，是「來吧，你也可以見見她」。之後，他在雷諾茲毫無察覺的情況下消失了，離開了。

雷諾茲不但不記得他走去了哪裡，甚至不記得自己是怎麼回答那句話的。

那是一個混淆不同層面視野的時刻，所有參與者都會受到影響……他所回應的話語，和詩人的離開方式，都融合在一個混沌的、無法察覺的剎那中，遺失在所有人的感知之外。

其實那句話不應該被「回答」，應該被提問。應該問他「來吧」是指要去哪裡？「她」是指誰？是母親、姐妹或是妻子？

雷諾茲仔細回想著，覺得自己不會無視這句話，因為他向來重視與服務對象溝通，從來都是有問有答。

兩個年輕男孩消失之後，雷諾茲對比了一下此時彼時的感受。最後他認為，當年自己肯定對詩人的話做出了回應。

那麼我會如何回答呢？

在獵犬列維・卡拉澤離開崗哨之前，他曾指著一個方向，對雷諾茲問：「你看不見嗎？」

「我看不見。」雷諾茲說。

「路就在這邊。如果你有辦法讓自己看得見，你就也可以回去。」

雷諾茲的思維頓了頓。他一時無法理解「回去」。對他而言，這個詞似乎毫無意義。

列維說：「當然我也明白，你現在的狀態已經不適合使用低層視野了，那樣反而會導致你死亡……不，其實沒有死亡，這個概念不太對，也許應該說……失去活性？」

雷諾茲說：「準確的說法是，即使我能使用低層視野，我也會瞬間失去審視能力。我會在一切層面內結束觀察行為，並真正開始出生。」

「那樣不好嗎？」列維問，「你就可以解脫了。」

這句話，讓很多記憶湧向雷諾茲殘破的大腦。

話語，面孔，山丘，海，園林，馬車，石磚地，教堂，詩歌，信，駝隊，月亮，笑容，嘴唇，手指，筆，小徑，藤蔓，霧，斧頭，雪，眼淚，野獸，塔……

雷諾茲隱約回憶起一個人，依稀就是曾經的自己，那個還會天真地盼望「解脫」的自己。

但現在他已經不會再那樣想了。

他對獵犬說：「我是信使，我永遠駐守於第一崗哨，侍奉所有閱讀奧祕之人。這使命沒有所謂的解脫。」

之後，雷諾茲想到，如果當年的詩人能在混沌的時刻聽見語言，他也一定會聽到這樣的回答吧。

若干時間之前。

隨著萊爾德陷入昏迷，愛芙太太的院牆也消失了。

回憶起來，院牆出現的方式相當難以形容，它並不是像立體投影一樣突兀地立在室內，而是以一種能夠和周圍融合的方式……照理來說，院牆大小應該受到這間房間面積的限制，但它好像又能夠向兩側延伸，和真正的院牆一樣大，你甚至可以繞著它走一圈再回到起點。

這與室內空間相互矛盾，雖然矛盾，看著它的人卻渾然不覺，理智上隱隱約約覺得不太合理，感受上卻極為自然，就像看見房間裡有一張床、一個人、一幅畫似的，沒什麼值得驚訝的地方。

列維已經幫瑟西打開了手銬。瑟西重獲自由，卻縮在原地不敢動彈，只是默默看著列維的行動。

列維把該帶的東西整理回背包，表情放鬆，動作輕快，就像是在旅行遠足之前整理行李。

從幾人聚集於一室起，直到現在，在整個過程中，追蹤終端機一直在發出尖銳急促的警報聲，目前也仍在繼續。刺耳的聲音和令人不適的畫面混雜在一起，不斷刺激著瑟西的神經，她的目光飄盪到萊爾德身上，又立刻移開。

猶豫了片刻之後，她強忍著恐懼，慢慢爬到萊爾德身邊。她想，不管怎麼說，自己也算是有一點點急救常識，也許應該找個硬物做成夾板，也許應該在這裡和那裡弄個止血綁帶……

「不需要，我們走吧。」列維跨過來，把萊爾德扛在肩上。萊爾德看上去就像一隻被剪掉了提線的木偶，四肢晃蕩著垂下來，渾身一點生氣都沒有。

瑟西想說什麼，最終只是渾渾噩噩地跟在他們後面。

在正對房門的牆壁上還有另一扇門，是真正的門，物理上的實體。它應該很久沒有開過，合頁發出的聲音令人牙齒發痠。

方尖碑實際上是一座高塔。一般人肯定難以理解，為什麼會有人在高塔頂端的房間中設計一扇向外開啟的門。

打開門之後，外面不是半空中，而是一片平坦的土地，周圍沒有樹木也沒有亂石，視野十分開闊。

瑟西站在門口不敢出去。即使列維扛著萊爾德已經站在土地上了，她也仍然懷疑眼前的地面是幻覺。

列維對她說：「其實沒錯，妳可以覺得它是幻覺。除了第一崗哨是人工建築，那個樹屋也是人工的……哦，妳沒見過樹屋。妳的汽車也是人工的。除了這些以外，妳看到的一切嚴格來說都是幻覺。妳看見的不是它們本身，是妳最多能夠理解到的程度。」

瑟西有些動搖，「難道你是說，只要相信這地面是真的，我就不會掉下去？」

列維乾脆轉身繼續向前走，「隨便妳。」

最後瑟西還是跟了上去。地面確實是堅實的地面。

走了一小段之後，她回頭看了一眼，正好看到雷諾茲站在方尖碑投下的陰影裡，對著他們彎下腰，右手屈在身前，行了一個頗為古老的躬身禮。

現在的天空非常暗淡，在這樣昏暗的光線下，方尖碑竟然還能投出這麼黑的影子。

還有，他們是從靠近尖頂的房間走出來的，現在回頭一看，為什麼方尖碑仍然是被仰視的高聳模樣？

瑟西轉回身，盯著前面列維的背影，琢磨剛才他的話——妳看見的不是它們本身，是妳最多能夠理解到的程度而已。

她捏了捏眉心……我什麼都不能理解。這裡的一切事物也好，還是列維・卡拉澤的狀態也好，還有肖恩和傑瑞身上發生的事……我什麼都不能理解。

天色越來越暗，類似於最後一絲日光即將被黑夜吞沒之前。這裡的天空只有暗沉的深灰色，既沒有地平線上的餘暉，也沒有月亮或星星。

逐漸變暗的環境令人非常不安，擔心會面對真正伸手不見五指的黑暗空間。

這時列維又主動和瑟西說話，「妳不要這麼擔心，萊爾德沒事，只是昏過去了。至於肖恩和傑瑞，他們應該是回去了吧……但我也不能保證。」

瑟西整個人呆呆的，沒有回答列維。

兩人沉默著又走了好久，瑟西終於忍不住問：「卡拉澤先生，你看得見前面那些東西嗎？」

她所指的是很遠的地方，那邊影影綽綽有些東西，是形狀規律的物體。由於光線不足，而且周圍沒有任何參照物，人的眼睛難以分辨大小和遠近，所以它們有點像是形態各異的房屋，也有點像是稀疏林立的墓碑。

列維說：「當然看得見啊，我們不是正在往那邊走嗎？」

「你早就看見了？」瑟西問，「你的意思是……我們就是要去那裡嗎？」

列維右手扶著萊爾德的身體，左手拿起儀器看了一眼，「對，就是那邊。我們走過去的同時，她也走過來了。」

「誰？」

話剛問出口，瑟西就忽然發現，形狀規律的構築物中有個東西晃動了一下。

那是道人影，有這做參照物之後就能看出來，遠處蜃樓般的景物確實是建築，而不是墓群。

人影走得越來越近。她的步伐很慢，體態放鬆，就像餐後散步一樣，可是在一眨眼之間，她就從遠遠的影子變成了近在眼前的少女。

是艾希莉。

她的身體仍然是巨大、皮肉不停流動的肉團，不同於先前的是，現在她頻繁地「閃爍」著，就像一張在高速切換著的動態圖片。在閃爍之中的某幾個瞬間，她會變回穿著帶網紗的小黑裙、畫著濃妝、腳踩高跟鞋的少女。

她站在那閃爍了好一段時間，時隱時現的臉上還帶著無奈的羞怯，就像是在說：等等我，我還沒準備好。

漸漸地，她的少女形象越來越穩定，流動的肉塊所占的畫面越來越少，少女身形占據了肉眼可見的大部分時間，肉塊的模樣退回了每一個眨眼之間，最多只潛藏在視線飄開之後的餘光裡。

形象穩定下來後，艾希莉的表情反而不再那麼輕鬆了，她的笑意慢慢凝固，牙齒緊咬在一起，嘴唇卻顫抖著亂動……她保持著這種扭曲的表情，腳步踉蹌地跑向列維與瑟西。

瑟西習慣性地想抬起槍管，手上卻摸了個空，她的隨身物品已經全都丟失在崗哨深處了。她往後退了幾步，列維還挺主動地站到了她身前，艾希莉被列維擋住，左右跳了兩步，似乎是想繞過去，又不敢過於靠近列維。

列維好奇地看著她，他想起，在巨石下面的時候也是這樣，艾希莉似乎有些怕他。

艾希莉的身形晃了晃，最終放棄了繼續靠近。她慢慢摩擦著咬緊的牙齒，又慢慢張開，嘴巴張得越來越大，身體前傾，就像是想把喉嚨深處展示給外界。

列維聽到一種細微的聲音，是從她的喉嚨裡發出來的，像是有什麼東西在她的身體內部擠壓蠕動。

「**別……**」

一些雜音之後，列維和瑟西辨識出了人的語言。

「**別害怕……**」

這是非常尖細的女子嗓音，聽起來有點遙遠，就像是站在細而深的豎井邊，聽到井的深處有人說話。

列維回了一下頭，他感覺到瑟西抓著他的衣服後襬，而且抓得非常緊。這大概只是下意識的動作，瑟西雖然抓著他，卻不再躲藏，反而從他身後走了出來。

瑟西死死盯著艾希莉，此時也不害怕她扭曲的表情了。

艾希莉的嘴巴一直張開著，所以肯定不是她在說話。她的喉嚨繼續發出聲音：

「**跟我來，是伊蓮娜叫我來接你們的。**」

她的聲調很流暢，沒有任何痛苦或恐懼的痕跡，不過她的語氣有些小心翼翼，嗓音也細細的，聽起來像是在笨拙地重複一些自己並不理解的指令。

瑟西放開了列維的衣服，慢慢向前走去。

「米莎？」她甚至向著艾希莉伸出手，「米莎……是妳嗎？」

艾希莉全身一震，立刻退開了幾步。她的身體又開始閃爍，少女的體型和流動的肉塊交替出現。

在閃爍發生的時候，她只能發出雜音，肉塊也有嘴巴，而且嘴巴會在她的全身遊走，當嘴巴流到一塊位於中段的凸起肉疱上時，米莎的聲音再次傳了出來：「**媽媽？**」

得到了米莎的回應，瑟西的眼淚瞬間奪眶而出。她既想走上前，又不敢距離那閃爍的不明形體太近，她的手僵硬地舉在面前，身體和意識交戰著，不知是進是退。

「**媽媽……媽媽……**」米莎的聲音也帶上了哭腔，聽得出來，她也在極力控制自己。

原來這是米莎的聲音。列維也有些驚喜，但他當然沒有瑟西那麼激動。

他回憶了一下從前如何與小時候的萊爾德對話，然後換上類似的聲調，「米莎，妳好，妳還認得我嗎？」

米莎的聲音冷靜了很多，似乎還吸了吸鼻子，「**我不認得你……但我知道你是誰，你是學會的獵犬。**」

列維沒想到，「學會的獵犬」這個詞會從小女孩的嘴裡說出來。

「我們見過面，妳記得嗎？」

米莎回答得毫無遲疑，「**不記得。**」

列維微微皺眉，「妳真的是米莎嗎？」

聽到他的疑問，瑟西也警醒了一下，抹了抹眼淚，盯著眼前的怪物。

艾希莉體內的聲音又一次變得混亂無序。她身體閃爍的頻率越來越固定，肉塊形象和少女面貌開始均等出現，像幻燈片一樣來回切換，每幀都持續差不多的時間。

少女形象仰著頭，張著嘴巴，肉塊繼續流動著，速度減慢，嘴巴從身側移動到頂部，下方的皮膚越垂越靠近地面，吞沒雙腿，以蠕動的姿態微微前傾。

在兩個形體的切換過程中，少女的模樣一直靜止，而肉塊前傾的嘴巴越擴越大，嘴邊露出一隻白白的小蟲。

當另一隻「小蟲」出現時，列維和瑟西這才看出來，那不是嘴巴裡的蟲子，而是孩童小小的指頭。

很快，五隻指頭都扣在唇邊，然後是整個手掌、手腕……小小的手攀在嘴巴邊緣，用力一抓，黑洞洞的喉嚨裡出現了一隻眼睛，眼睛旁邊的面頰上還垂著長長的黑髮。

瑟西實在控制不住自己，大聲地哭叫起來。那正是米莎的模樣無疑。

「別害怕！媽媽，別害怕……」米莎的聲音有些慌張，「我沒事，媽媽，我沒有受傷，我沒有變成怪物……」

她的眼睛斜了斜，看了一眼列維。肉塊的嘴巴裡不僅有她一側的眼睛，還有眼睛附近的皮膚和眉毛，她皺著眉頭，列維似乎令她非常困惑。

「還記得妳七歲生日那天嗎？」列維問，「我們那時見過面。」

米莎看了他一段時間，說：「我只是知道你是誰，但我不記得你。」

「我幫你們拍了很多照片。」列維說。

「啊……那我知道了，」米莎說，「你是那個攝影師？那就對了。我當然想不起來啦，你根本沒和我說過話！」

小女孩的聲音很堅決，帶著一些埋怨的意思，剛才列維質疑她是否真的是米莎，顯然這讓她十分不滿。她的語氣很生動，和正常小孩無異，甚至還比列維印象中的米莎更活潑開朗一些。

比起列維，瑟西當然更熟悉自己的小女孩。米莎雖然有些陰鬱，但她並不封閉，她會認真和父母交流，而且她的的語言能力還挺好。瑟西熟知米莎慣用的語氣，她聽得出來，這就是自己的女兒。

瑟西臉上還掛著眼淚，卻忍不住笑了一下。她的笑容讓米莎的聲音也放鬆了很多。

不過，米莎似乎不願意讓瑟西靠得太近，列維和瑟西緩緩走向她，她就在艾希莉的身體裡一直等速後退，和他們保持著一定的距離。後退的過程中，艾希莉仍然在不停閃爍。

「你們跟我來吧，」米莎說著，「別害怕，相信我們。」

列維問：「『我們』？妳是指誰，妳和伊蓮娜？」

「是的。」

即使米莎不做此要求，瑟西也會一路跟上去。瑟西此時仍然很害怕，但她卻走在了列維前面，「米莎，伊蓮娜就是妳提過的那個人，就是那個在學校裡想抓住我們的人，對不對？妳為什麼要聽她的……」

「不是她。」米莎說。

「什麼？」

小女孩嘆了口氣，手縮回了肉塊的嘴巴裡面，只留一隻眼睛看著媽媽，「是我搞錯了。媽媽，總是來和我說話的那個人，她是伊蓮娜。那雙手不是伊蓮娜。」

這個說法讓列維有些緊張。如果真是這樣，那萊爾德的追蹤器到底扎在了什麼東西身上？

「不是伊蓮娜，那它是誰？」列維問。

「一開始我也不知道她，」米莎認真地回答著，「我從小就認識伊蓮娜，伊蓮娜很可怕，但是伊蓮娜沒有手……不不，不對，我說得不對……不是沒有手，是她沒有對我伸手過。那雙手是柔伊的。後來伊蓮娜告訴我了，她叫柔伊。」

「伊蓮娜告訴妳的？」列維又問，「那伊蓮娜又在哪？」

米莎說：「她和柔伊在一起。但是現在，她被藏起來了。她需要你們，你們也需要她，這句話是她教我說的……所以她叫我來接你們。」

「接我們去做什麼？」

「找到她。」

這倒是符合列維的目的，但他還是追問：「找到她之後呢？」

「她可以幫你們……不，幫我們回去。」

這個回答既令人振奮，又令人疑惑。瑟西看了列維一眼，想尋求他的建議，列維對不停閃爍的少女微笑著，說：「那帶我們走吧。」

瑟西緊張地問：「我們可以相信這個說法嗎？」

列維說：「怎麼，妳不相信自己的女兒？」

「但是……」

「我相信伊蓮娜，而且伊蓮娜確實在附近，」列維說話時，裝在攝影背心裡的追蹤機仍然在持續發出警報聲，「她的做法很合理。她需要我們出去。這是我的使命。」

瑟西心裡盤旋著種種顧慮，卻難以開口。她相信米莎，也能感覺到眼前說話的人確實是米莎。但米莎為什麼會在艾希莉的體內說話？她是一直在這，還是才剛變成這種狀態？

名為伊蓮娜的人難道是真的願意幫忙？而被稱為柔伊的又是什麼人？

更重要的是，現在瑟西已經知道了，列維・卡拉澤和萊爾德這樣的人和她不一樣，他們懷著某種難以理解的目的。

即使伊蓮娜願意幫助有這種「使命」的人，那她又是否願意幫助無關的人？她會允許米莎一起離開嗎？

瑟西沒有問。就算問了，恐怕米莎也很難把這些疑慮解釋清楚。瑟西判斷得出來，米莎的人格仍然是那個七歲的小女孩，她並不擁有列維他們那種深邃得古怪的思維。

艾希莉的身體繼續向後蠕動著，距離剪影般的建築群越來越近。同時，天色越來越暗，剛才的亮度是類似黃昏之末，現在卻像是無星的子夜。

蠕動的肉塊內部發出「嘶溜」一聲，米莎縮了回去。肉塊的體積還算大，能夠包裹住一個小小的孩子，而少女外貌的艾希莉體態十分輕盈，正常來說，這樣的身體裡面根本不可能容得下米莎。

現在米莎的聲音變得悶悶的，「媽媽，我得提前說一件事，只有出來之後，我才能記得這些，回去之後我就會忘了。我不知道你們會不會也忘掉，你們一定要記得啊，一定要記得剛才我說的那些……」

瑟西本來就一頭霧水，這話聽起來更叫人憂心了，「米莎，妳說什麼？妳會忘了什麼？」

「就是……我們不是快要到了嘛，到了之後，我可能就會忘記，」女孩畢竟年紀還小，她能重複別人交代的內容已經很不容易了，根本無法理解更多細節，當然也解釋不清楚，「妳放心！我不會忘記妳和爸爸的，不過我可能會忘記這些，就是現在這些……因為正常情況下我是出不來的，我靠她才能溜出來……」

瑟西聽不明白，急得要命，「寶貝，妳說慢一點，我們要到哪裡去？妳是說忘記什麼？是指伊蓮娜還是……」

米莎自己也很著急，「你們千萬不要忘啊！因為我馬上就會忘掉的……我不知道你們會不會忘記，我真的不知道，伊蓮娜沒講過，可能她也不知道……」

周圍越來越暗了。在這種光線下，艾希莉的身體只是一團晦暗的影子，無論是少女的面容，還是肉團上的褶皺，全都溶解在夜幕之中。

她的嘴巴閉合住了。如果瑟西和列維能在黑暗中視物，就會發現那雙嘴唇先是密合成一條縫，然後舒展成平滑的皮膚。

「米莎！」瑟西急衝了幾步，也顧不上恐懼，想去拉住艾希莉的身體。她的雙手晃了好幾下，什麼也沒觸摸到。

列維也有點焦躁，在崗哨深處時，雖然周圍也到處是黑暗，但他一直能看見該看的東西，現在他卻像是回到了昔日的普通夜晚。

忽然他想起來，這有點像他剛剛走進「不協之門」的時候。無論是他和萊爾德，還是傑瑞與肖恩，每個人走進門後都會經過一段黑漆漆的區域。

即使是那個區域，也沒有現在這麼暗。那裡至少會有背後仍敞開的門提供少量光源，如果走得遠了，還可以依靠手電筒或頭燈。

想到這，列維想找手電筒，可他只有一隻手能用，沒辦法在背包裡摸索。他想起，萊爾德的手提箱上也有照明，但手提箱在哪呢？好像被扔在第一崗哨裡了……

不只是它，萊爾德的平光眼鏡也丟在那了。萊爾德本來還帶了袖釦形狀的微型攝影機，他一直沒用到，它們已經在奔波中被壓壞了。

列維的右手動了動，掌心貼著萊爾德被血浸透的黑衣。

列維想著：你可真是倒楣，你帶來的東西全都不是壞了就是弄丟了。你什麼都沒有了。和十幾年前一樣。

在寂靜的黑暗中，右肩上萊爾德的重量變得更加明顯。

十幾年前，小萊爾德突然失去意識的時候，實習生也得負責把他搬運到病房或者治療室。實習生會橫抱著他，那時候實習生十六七歲，力氣夠大，抱著十一二歲的小孩不成問題。

現在列維也可以負擔得起萊爾德的重量，但萊爾德長高了，兩人身高差得並不多，橫抱變得困難了起來，列維只好這樣扛著他走路。

在黑暗中，列維無需閉眼，就可以回憶起萊爾德小時候的模樣。

他能回憶起來的，全都是痛苦的面孔，完全沒有電視裡那個年齡的男孩們該有的神采。

列維有些感慨——這樣想來，我似乎從沒有見過萊爾德快樂的樣子。

小時候的萊爾德一點也不快樂，他畏懼醫院，畏懼導師，畏懼我，畏懼所有令他痛苦的事情。即使是在他偷偷寫日記的時候，在他聽歌的時候，在他玩著我帶進去的紙牌遊戲的時候，他也完全不快樂。他只是在用那些東西懷念普通的生活，羨慕正常的小孩。

後來再一次認識他的時候，他是「霍普金斯大師」。他奔波漂泊，整天裝腔作勢，浮誇得讓人不想理會。他主動追逐著「不協之門」，又因為「門」裡出現的東西而發抖到站不起來……他的日子過得還挺刺激，但他肯定不怎麼快樂，這不是他期望過的生活。

在蓋拉湖精神病院的時候，小萊爾德說過一些對未來的嚮往。他嚮往的生活內容都很俗氣，沒什麼可多講的，總之，無論如何也不是現在這樣子。

在第一崗哨內部，列維更是一直在目睹萊爾德痛苦的模樣。他冷靜地看著，聽著，執行著……萊爾德就在他眼前，近得一伸手就能摟在懷裡。

他發現這個視角非常熟悉，曾經實習生也是這樣俯視著那個絕望的孩子，從那雙盈滿水霧的藍眼睛裡，看到自己面無表情的倒影。

想著這些，列維忽然非常好奇。不知道萊爾德．凱茨開心起來會是什麼樣子？不是偷偷寫日記時的狀態，也不是聽著重複的老歌並哼唱的樣子，更不是自稱靈媒時裝出來的神祕笑容，而是那種真正的開心，就像他弟弟傑瑞那樣……至少是曾經的傑瑞那樣。

列維知道自己快樂的時候是什麼樣子，最近他就非常快樂。那萊爾德呢？

他一邊胡思亂想，一邊腳步輕快地繼續向前走。黑暗不再惱人，他甚至還從連綿的黑暗中嗅出了一種熟悉的氣息。

不是某種具體的味道，而是氣息。無法言明的氣息。

天空仍然黑暗，但遠方的地平線上浮起了柔軟的白色。天開始亮了。藉著這微小的光亮，列維看到了腳下的路。路很平，有點窄，只有兩條車道，道旁是平坦的空地，似乎正待建起新房。

他順著道路繼續向前，道路帶著明顯的坡度，他站在即將下坡的位置，看到遠處有一大片住宅。比住宅還遠的地方，還有更加密集的建築群。

他走下坡去，在路旁看到一塊指示牌。初升的晨曦將牌子照亮，上面是棕底白字，字體傾斜：

歡迎來到辛朋鎮

——《請勿洞察03》完

novel. matthia

高寶書版集團
gobooks.com.tw

BL069

請勿洞察03

作　　者　matthia
繪　　者　mine
編　　輯　林雨欣
校　　對　薛怡冠
美術編輯　林鈞儀
排　　版　彭立瑋
企　　劃　李欣霓

發 行 人　朱凱蕾
出　　版　三日月書版股份有限公司/Printed in Taiwan
地　　址　臺北市內湖區洲子街88號3樓
網　　址　www.gobooks.com.tw
電　　話　(02) 27992788
電　　郵　readers@gobooks.com.tw（讀者服務部）
傳　　真　出版部　(02) 27990909　行銷部 (02) 27993088
郵政劃撥　50404557
戶　　名　三日月書版股份有限公司
發　　行　英屬維京群島商高寶國際有限公司臺灣分公司
　　　　　Global Group Holdings, Ltd.
初版日期　2022年7月

國家圖書館出版品預行編目(CIP)資料

請勿洞察/ matthia著.-- 初版. -- 臺北市：三日月書版股份有限公司出版：英屬維京群島高寶國際有限公司臺灣分公司發行, 2022.07-
冊；　公分. --

ISBN 978-626-7152-04-1(第3冊：平裝)

857.7　　111006789

三日月書版

三日月書版

GOBOOKS
& SITAK
GROUP©

GOBOOKS
& SITAK
GROUP©